KB113872

Return *of the*

용병귀환

유왕 판타지 장편 소설

Mercenary

FANTASY FRONTIER SPIRIT

용병귀환 1

유왕 판타지 장편 소설

초판 1쇄 찍은 날 § 2014년 3월 31일
초판 1쇄 펴낸 날 § 2014년 4월 7일

지은이 § 유왕
펴낸이 § 서경석

편집부장 § 권태완
편집책임 § 정수경
디자인 § 신현아

펴낸곳 § 도서출판 청어람
등록번호 § 제387-1999-000006호
등록일자 § 1999. 5. 31
어람번호 § 제1-1820호

주소 § 경기도 부천시 원미구 부일로 483번길 40 서경B/D 3F (우) 420-822
전화 § 032-656-4452팩스 § 032-656-4453
http://www.chungeoram.com
E-mail § chungeorambook@daum.net

ISBN 979-11-5681-959-2 04810
ISBN 979-11-5681-958-5 (세트)

Return of the Mercenary

1

FANTASY FRONTIER SPIRIT

용병귀환

유왕 판타지 장편 소설

도서출판 청어람

CONTENTS

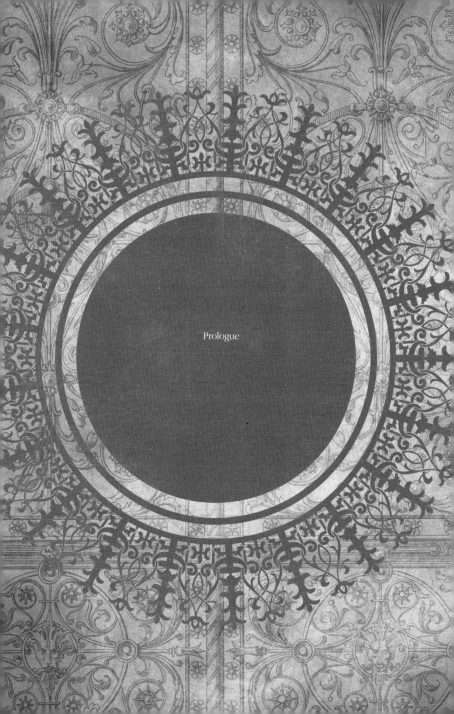

Prologue

보통 사람보다 머리 두 개는 더 커 보이는 장신의 남자.

하늘에서 내려온 천사를 떠올리게 할 정도로 아름다운 여인.

어디선가 가져온 닭다리를 게걸스럽게 씹으며 술을 홀짝이는 비대한 덩치.

그야말로 각양각색의 사람이 한자리에 모여 있다. 그들은 나이, 성격, 외모 등 닮은 것을 찾아볼 수 없을 정도로 달랐지만 단 하나의 구심점을 가지고 있었다.

"단장은?"

붉은색 입술을 손가락 끝으로 훔치며 여인이 물었다. 옥구슬이 굴러간다는 말이 절로 떠오를 정도의 목소리였지만 자리에 모인 남자들 중 여자의 외모나 목소리에 신경을 두는 이는 없었다.

"너도 알면서 뭘 물어?"

장신의 남자가 여인의 말을 비꼬았다.

이 자리는 그런 뻔한 사실이나 확인하자고 모인 자리가 아니었다.

"정말이야? 정말 갔어?"

"계약 기간은 어제부로 끝났으니까."

"계약 기간? 우리 사이가 고작 '계약' 하나로 설명이 되는 거였어?"

"우리가 아니라, 너와 단장 사이겠지. 그러니까 그만 냄새 나는 입 좀 닥쳐."

"뭐야? 너 죽을래?"

자리에서 벌떡 일어나며 여인이 위협적으로 소리쳤다. 하지만 그래 봤자 일어난 키가 남자의 앉은키보다 작아 우스운 모양새밖에 되지 않았다.

하지만 모인 자들은 그런 여인의 행동을 귀엽다고 생각하지 않았다.

가녀린 모습과는 달리, 진지하게 싸운다면 이 자리의 어느 누구도 여인을 확실하게 이길 수 있다고 보장하기 힘들기 때문이었다.

그렇기 때문에 장신의 남자는 여인과 싸울 생각이 없었다. 여인 역시 흥분한 모습과는 달리 이성적으로 생각하고 있었다.

애초에 이런 일로 싸웠다면 이 자리에 있는 반은 죽어 없을 테였고, 싸운다고 하더라도 이제 더 이상 싸움을 말려줄 사람이 존재하지 않았기 때문이다.

"앉아. 입맛 떨어져."

뼈만 남은 닭다리를 뒤쪽으로 날려 버리며 비대한 덩치가 말했다.

잠시 자리에 모인 이들을 노려보던 여인이 입술을 삐죽이며 자리에 털썩 앉아 다리를 꼬았다.

"돼지새끼. 다 처먹어놓고 입맛은."

"히히. 아직 더 있거든."

덩치는 탁자 밑에 놓아둔 바구니를 올려 보이며 자랑스럽다는 듯 말했다.

바구니에는 각종 빵과 고기 등이 한가득 들어 있어, 덩치의 식성이 어느 정도인지 알 수 있었다.

"처먹으려면 나가서 처먹어. 지금 모인 건 앞으로 단장 없이 우리가 어떻게 해야 할지를 의논하기 위함이니까."

장신의 남자의 말에 덩치는 아쉽다는 듯 손가락을 빨며 바구니를 내려놓았다.

그러면서도 시선을 떼지 못하다가 결국 작은 빵 하나를 슬쩍 꺼내 들어 올리자, 장신의 남자가 한숨을 푹 내쉬었다.

장신의 남자가 한숨을 푹 내쉬었다.

"하아. 그래, 네 맘대로 해라."

"헤헤. 고마워."

헤픈 웃음과 함께 빵을 입 안으로 가져가는 모습에 잠시 다시금 침묵이 돌아왔다.

단장.

고작 두 글자밖에 되지 않았지만 이 자리에 모인 사람들에게 있어서 그는 특별했다.

그저 그런 인생, 혹은 끝없는 밑바닥 인생을 살아갔을 그들에게 대륙을 누빌 기회를 만들어준 사람.

제멋대로에 강하기까지 한 그들을 힘으로 굴복시킨 유일한 인물이 바로 그였다.

쩝— 쩝—

조용한 가운데, 빵을 씹는 소리만이 자리를 매웠다.

덩치가 빵을 다 먹기를 기다리는 것이 아니었다.

모두들 '단장'이 사라진 이 상황에서, 앞으로 무엇을 어떻게 해야 할지 감을 찾지 못하고 있는 것이다.

그때, 자리에 모인 사람들 중 난쟁이처럼 작은 키의 남자가 손을 들었다.

"그런데… 그래서 단장은 어디 간 거야?"

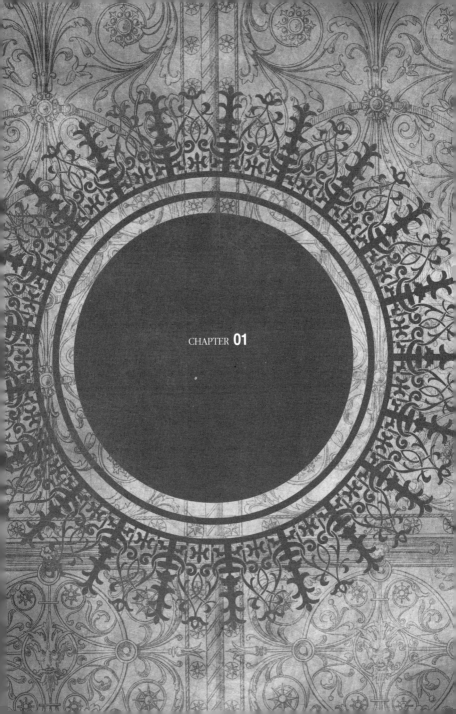

CHAPTER **01**

때는 용병들의 시대다.

사십여 년 전, 갑작스러운 용병왕의 등장과 함께 용병들의 세는 쉴 틈 없이 불어났다.

개인주의였던 용병들은 점차 조직적으로 뭉쳤고 용병왕이 만든 용병검술은 자격을 갖춘 용병이라면 누구나가 익힐 수 있었다.

용병왕의 등장 이후 대륙은 이십 년간 전쟁이 끊이질 않았다.

용병들은 검이다. 각 나라에서는 비싼 돈을 주고 용병을 고용했다. 계속되는 전쟁은 용병들 사이에서 여러 영웅을 만들어냈다.

그리고 길고 긴 전쟁의 끝에서 용병왕은 마침내 용병만의 왕국을 건설했다. 말 그대로 '왕'이 된 것이다.

이후 대륙은 조용했다. 크고 작은 전쟁이 가끔씩 벌어지긴 했지만 그 정도는 과거에도 계속해서 있어 왔던 일이었다.

'겉으로' 보기에는 말이다.

*　　　*　　　*

느릿느릿, 한 걸음씩 내딛는 발이 답답할 만큼 느렸다.

한 걸음 옮길 때마다 아쉽다는 느낌이 드는 청년은 볼 것도 없는 거리를 구경하며 신기하다는 듯 눈동자를 키웠다.

"20년 만인가?"

걸음을 걷던 사내, 루슬릭은 문득 배고픔을 느꼈다.

유일한 짐인 조그마한 주머니를 뒤져보던 그는 입맛을 다셨다.

"돈이라도 좀 가지고 나올 걸 그랬나?"

돈이 될 만한 것이 없다.

하지만 배는 고프다.

어떻게 할까 고민하던 루슬릭은 뱃속에서 꼬르륵 소리가

나자 결심을 굳혔다.

"어쩔 수 없지."

결국 루슬릭은 어슬렁어슬렁 골목으로 향했다.

"분명 이 근처에……."

조금 돌아다니자, 루슬릭을 향해 덩치 큰 두 명이 다가왔
다.

턱—

지나가는 척하다가 루슬릭의 양어깨를 잡는 두 명의 거한
은 씩 웃으며 말했다.

"자, 자. 친한 척하라고."

"알지? 응? 자연스럽게."

뻔한 패턴.

루슬릭은 그들의 장단에 맞춰주었다.

"가자고, 친구들."

싱글벙글 웃는 얼굴에 거한, 아니, 소위 건달들은 의아함을
느꼈다.

하지만 어쨌거나 그들 입장에선 좋은 일이었다. 루슬릭은
제 발로 후미진 곳으로 향하고 있었다.

잠시 후.

루슬릭은 싱글벙글 웃는 얼굴로 골목을 나왔다.

짤랑―

그의 손에는 방금 전과 달리 반짝이는 동전이 들려 있었다.

"아아, 배고프다."

잠시 후, 걸음을 멈춘 루슬릭의 시선이 향한 곳은 김이 모락모락 나는 허름한 고깃집이었다.

루슬릭은 조금 빨라진 발걸음으로 천막을 걷고 안으로 들어갔다.

"어서 오쇼."

힘없는 목소리로 루슬릭을 맞이한 노인은 펄펄 끓는 가마솥에 고기를 꺼내고 있었다.

"드시러 오셨소?"

"지나가는 길에 출출해서 말입니다."

"앉으쇼. 잘라 드릴게."

팔뚝을 걷으며 힘겹게 고개를 썰려는 노인의 모습에 루슬릭이 나섰다.

"할아버지나 쉬고 계세요."

탁―

잽싸게 노인의 손에서 칼을 뺏어 든 루슬릭이 가볍게 칼질을 하기 시작했다.

루슬릭이 대신 고기를 썰자 노인은 할 일이 없어졌다. 그렇지 않아도 몸이 좋지 않던 노인은 근처의 의자에 앉아 루슬릭이 고기를 써는 모습을 지켜보았다.

"이름이 뭔가?"

"루슬릭입니다."

"루슬릭? 뭔 이름이 그리 고급스러워?"

노인은 마치 귀족들이나 쓸 법한 루슬릭이라는 이름을 중얼거렸다.

탁—탁—

일정한 속도, 일정한 간격으로 반듯하게 고기를 써는 루슬릭의 모습을 노인이 신기한 듯 바라봤다. 수십 년간 고기만 썰어온 그도 이처럼 완벽하지는 못했다.

"어디서 고기 좀 써셨나?"

노인의 물음에 분주하게 움직이던 루슬릭의 손이 잠시 멈추었다.

잠시 머뭇거리던 루슬릭이 어색한 어투로 답했다.

"고기보다는… 칼질을 좀 했습니다."

"칼질?"

"예. 용병이었습니다."

용병이었다.

지금은 아니라는 소리다. 아니나 다를까, 루슬릭의 짐은 옷소매에 달린 작은 주머니 하나뿐, 검과 같은 무기는 전혀 보이지 않았다.

그런데 용병이라는 그 단어 하나에 대한 노인의 반응은 상당히 격렬했다.

"용병!"

"예?"

"네놈도 용병이여? 나타나기만 하면 사람이나 패고 돈이나 떼먹는 무뢰한 놈이여?"

한이 맺힌 듯한 노인의 호통에 루슬릭은 잠시 얼떨떨한 표정을 지었다.

"지, 지금은 아닙니다만……."

"그럼 전에는 그랬다는 것 아니냐? 에라이, 썩을 놈!"

후다닥 달려가 구석에 놓여 있던 빗자루를 가져온 노인이 루슬릭을 향해 휘둘렀다.

픽― 픽―!

"후딱 꺼져라, 이놈! 용병 같은 것들에겐 내 고기가 아니라 국물 한 방울도 아깝다!"

"하, 할아버지?"

빗자루 매질에 루슬릭은 고기를 뒤로하고 도망치듯 가게를 빠져나왔다.

노인은 루슬릭을 향해 온갖 욕을 퍼부으며 가게 안에 꿍쳐 둔 값비싼 소금까지 뿌려댔다.

"다시 이 근처에 얼씬할 생각도 마!"

촤악―!

얼떨결에 소금까지 얻어맞은 루슬릭은 거칠게 닫히는 가게 문을 보며 중얼거렸다.

"대체 무슨 일이지?"

*   *   *

십 년 전에 전쟁이 끝났다지만 대륙의 모든 분쟁이 끝난 것은 아니다.

전쟁이 끝난 지역이 있는 반면, 반대로 평화로웠던 영지가 분란에 빠져드는 경우도 있었다.

하츨링 백작가가 바로 그런 경우였다.

지난 수십 년간 평화로웠던 하츨링 백작가는 근 몇 년간 혼란스러운 시기를 겪고 있었다.

"오렌 백작가와요?"

"그래. 높으신 분들의 땅따먹기 싸움에 우리 새우들 등만 터지고 있는 판이지."

루슬릭은 경비병 한 명을 붙잡아 그간 하츨링 백작가의 상황에 대해 듣고 있었다.

요점은 단순했다.

땅과 세력을 넓히기 위한 귀족 간의 분쟁. 그 지저분한 싸움에 하츨링 백작가가 끼어든 것이다.

상대 영지는 인근 영지 중 가장 힘이 센 오렌 백작령이었다. 아직까지 직접적인 싸움은 없었지만, 결코 작다고 볼 수 없는 싸움이 여럿 있었다.

오렌 백작이 싸움을 걸어오는 이유는 정확히 알 수 없었다. 많고 많은 영지 중 왜 하필 하츨링 백작가인지.

하지만 길고 긴 전쟁이 끝나고 중앙 정계로 나가고자 영역을 넓히는 귀족이 여럿 있었던 것을 생각해 보면 전혀 이해 못할 행동은 아니었다.

"오렌 백작가랑 하츨링 백작가, 어디가 더 셉니까?"

"표면적으로만 보면 비슷하지. 하지만 근래에 몇 번 싸움이 있었는데, 하츨링 백작가가 이긴 적은 없어."

결국 지고 있다는 뜻.

이런 상황이라면 언제 오렌 백작가가 전면전을 시작할지 모르는 일이었다.

"그런데 여기 영지민들은 왜 그렇게 용병을 싫어하는 겁니까? 무슨 이유라도 있나요?"

"용병? 그 개새끼들?"

루슬릭의 질문에 경비병을 이를 악물며 속사포처럼 말을 쏟아냈다.

"그 종자들을 좋아하는 놈은 아마 여기 없을 거다. 매일같이 영지를 돌아다니며 깽판이라는 깽판은 다 부리고, 영지의 상황을 이용해서 몸값을 올려 돈을 빨아먹는 기생충 같은 놈들이니까. 그놈들한테 돈이 돌아가는 바람에 우리 봉급도 팍 줄고. 미칠 노릇이지."

"세상에, 이런 좆같은."

과장되게 감탄사를 터뜨리며 루슬릭이 옆쪽에 놓아둔 보자기와 병을 앞으로 내밀었다.

"여기, 약속한 술과 고깁니다."

"흐흐, 고맙다. 사실 아무한테나 물어봐도 들을 수 있는 이야긴데 말이야. 오랜만에 고기 맛 좀 보겠어."

병에서 술을 한 모금 들이켜고 막 보자기를 풀어 고기를 맛보려는 경비병에게 루슬릭이 말했다.

"그런데, 부탁 하나만 더 들어주실 수 있습니까?"

"부탁? 뭔데?'

반듯하게 썰린 고기를 입안으로 가져가며 경비병이 선심 쓴다는 듯 대답했다.

분위기상 무슨 부탁을 하더라도 들어줄 기세였다. 루슬릭은 옷소매 사이에서 먼지가 잔뜩 끼어 있는 반지를 꺼내 경비병에게 건넸다.

"여기 백작님에게 말 좀 전해주세요. 동생 님이 돌아왔다고."

"……뭐?"

황당한 요구에 경비병은 뭐 이런 놈이 다 있나 하는 표정으로 루슬릭이 건넨 반지를 확인했다.

그리고 고기를 씹던 그의 입이 벌어졌다.

"이, 이거… 진짜… 냐요?"

"경비병씩이나 되시면서, 자기 영지 문양을 모르면 어떻게 합니까?"

턱—

경비병의 어깨를 짚어 몸을 돌려주며 루슬릭이 친근한 어조로 말했다.

"빨리 가서 형님 좀 불러와라, 응?"

*　　　*　　　*

하츨링 백작가에 비상이 걸렸다.

근래 들어 오렌 백작가의 침공 때문에 비상이 걸렸다면 이번에는 그 경우가 전혀 달랐다.

바로 이십 년 전 사라진 레바논의 동생을 자처하는 사람이 등장했기 때문이다.

하츨링 폰 루슬릭.

하츨링 백작가의 정식 후계자 중 한 명이자, 뛰어난 기사의 증표인 '폰'이라는 이름을 하사받은 인물. 그의 등장은 그렇지 않아도 흔들리는 하츨링 백작가에 때 아닌 태풍을 몰고 온 셈이었다.

루슬릭은 이미 죽었다고 생각되어진 사람이었다. 아니, 죽지 않았더라도 돌아올 것이라 생각하지 않았다.

그가 사라진 지 이미 이십 년이 흘렀으니까.

하지만 그는 돌아왔다. 그것도 하츨링 백작가의 직계에게만 전해지는 반지를 들고서 말이다.

하츨링 백작가의 반지는 왕가의 인장이 찍혀 있어 위조가 불가능할 뿐만 아니라 마법적 처리가 되어 있어 주인이 아니면 반응하지 않았다.

"그 말이 진짜요?"

인덕이 넘치는 유한 얼굴을 가진 남자.

레바논.

그는 침착하고 부드러운 인물이었지만, 그런 평소의 모습과는 달리 호통에 가까운 물음을 내뱉었다.

그도 그럴 만했다. 무려 이십 년 전에 사라졌던 동생이 돌아왔다니 말이다.

"그렇습니다. 작은 도련님께서… 드디어, 드디어 돌아오셨습니다."

하츨링 백작가의 총관이자, 벌써 사십 년이 넘게 하츨링 백작가의 가신으로 남아 있는 노인.

라프르는 눈물을 흘렸다. 그 오랜 세월 영지를 나가 있던 루슬릭이 돌아왔다는 사실에 감정을 주체할 수 없었다.

"대체 왜 이제 와서……."

레바논은 입술을 꽉 깨물며 몸을 부르르 떨었다.

그는 말도 없이 사라진 루슬릭을 조금 원망하고 있었다.

루슬릭의 재능은 특출 났다.

똑똑한 머리는 물론이고 검술에 대한 재능은 그 어디에서도 비교할 자를 찾아볼 수 없었다. 이미 스물의 나이에 영지 내에서 적수가 없을 정도였다.

한데, 어느 날 갑자기 사라졌다.

레바논의 아버지인 선대 하즐링 백작은 루슬릭에 대해 일언반구도 없었다. 완전히 입을 다물었다. 그에 대해서 어느 누구도 레바논에게 설명해 주지 않았다.

"일단… 데리고 오거라."

혼란스럽긴 하나 일단은 만나보는 게 우선이다.

왜 그렇게 사라졌는지, 왜 이제 와서 돌아왔는지 직접 얼굴을 보고 대화를 나눠봄이 맞았다.

레바논의 허락이 떨어지자 밖에서 대기하고 있던 시종이 곧 말을 전했다.

얼마 후, 시종이 집무실의 문을 두드렸다.

똑똑—

"영주님. 말씀하신 손님이 오셨습니다."

"서둘러 들여라!"

급한 마음에 레바논이 자리에서 벌떡 일어났다.

그러자 집무실의 문이 열리며 한 사람이 안으로 들어왔다. 꾀죄죄한 가죽 옷을 걸친 루슬릭이었다.

기사 두 명의 호위, 혹은 감시를 받으며 루슬릭이 들어와 인사했다.

"오랜만이야, 형."

"……."

루슬릭을 처음 본 레바논의 표정은 애매모호했다.

낯익은 얼굴. 눈앞의 남자는 분명 레바논이 기억하는 루슬릭과 상당히 많이 닮아 있었다. 자신감 넘치고 장난기 가득한 표정하며, 이십 년 전 떠난 그의 동생과 꼭 닮은 얼굴까지.

하지만 그 점이 바로 모순이다.

루슬릭이 떠난 시기는 바로 이십 년 전이다. 스무 살이었던 그의 나이는 이제 마흔. 아무리 동안이라 하나 조금이라도 바뀌어야 하는 것 아니겠는가?

"……역시 가짜인가?"

확신은 하지 못하지만 눈앞의 남자가 루슬릭이 아니라는 쪽에 추가 기울어졌다.

반지를 가지고 왔다기에 진짜 루슬릭이라 기대했건만.

꾀죄죄한 가죽 옷이야 집을 나가 부유하지 못하게 살았다고 생각하면 충분히 이해할 수 있었다. 하지만, 마흔 살에 이십 대로 보이는 저 외모는 아무리 생각해도 이해하기 힘들었다.

레바논은 루슬릭을 자신의 진짜 동생이 아니라고 판단 내렸다.

"네놈… 하츨링 백작가의 반지는 어디서 난 것이냐?"

으르렁거리며 묻는 레바논.

당연히 화가 날 수밖에 없었다. 문지기가 잘못 알려온 것이 아니라면, 루슬릭이라 주장하는 눈앞의 남자는 분명 하츨링 백작가의 반지를 가지고 있었다.

루슬릭이 방 안에 모인 사람들을 하나하나 둘러봤다.

라프르를 포함한 양옆의 기사들.

피식 웃음을 흘린 루슬릭이 입을 열었다.

"형, 엉덩이에 하트 모양 반점은 사라졌어?"

뜬금없는 질문에 레바논이 흠칫 놀랐다.

"아버지는 아끼시던 난 깨먹는 게 형이라는 거 아시고 가셨는지 몰라."

"그, 울란 자작가 영애랑은 어떻게 됐어? 설마 짝사랑으로 끝난 건 아니지?"

"형이 열두 살 때 피넌 방에 몰래 들어가서 이불에 오줌 싸고 나온 거 기억해? 킥킥. 피넌 녀석, 열 살이나 먹은 녀석이 아직도 이불에 오줌이나 지리냐고 아버지한테 엄청 혼난 게 아직도……."

"아, 참, 그리고……."

"잠깐, 잠깐!"

얼떨떨하게 듣고 있던 레바논은 얼굴을 벌겋게 물들이고는 소리쳤다.

어느새 라프르와 루슬릭 양옆의 기사들이 키득거리며 웃음을 터뜨리고 있었다.

보다 못한 레바논은 책상 위의 서류 하나를 기사들을 향해 집어 던졌다.

"당장 나가!"

"크크큭. 네, 네!"

기사들은 차마 웃음을 다 참지 못한 채 밖으로 도망치듯 나갔다.

그렇게 기사들이 나가자, 집무실에는 루슬릭과 레바논, 라프르. 이렇게 셋만 남게 되었다.

"이제 좀 조용히 얘기하겠군."

"……진짜 루슬릭이냐?"

"더 말해줄까?"

"아니, 아니. 됐다. 하아……."

한숨을 푹 쉬며 레바논이 소파에 가 앉았다.

루슬릭은 그런 레바논의 맞은편에 앉아 싱글벙글 웃었다.

레바논은 인정할 수밖에 없었다.

하츨링 백작가의 직계를 상징하는 반지.

자신이 기억하는 루슬릭과 꼭 닮은 얼굴.

그리고 루슬릭이 아니면 절대 알 수 없는 기억들.

사실 앞의 두 가지만으로도 루슬릭을 증명하기는 충분했다. 나이에 맞지 않는다고 해도 루슬릭은 그리 흔한 얼굴이 아니었다.

게다가 하츨링 백작가의 반지는 주인을 알아보는 반지.

반지가 푸른빛을 발하고 있는 것을 확인하면 진위 여부를 가릴 수 있을 것이다.

그럼에도 레바논이 의심한 것은 그가 그만큼 신중한 사람이기 때문이었다. 눈에 보이는 것 외에 좀 더 확실하게 신뢰할 수 있는 무언가를 원했던 것이다.

"이렇게라도 안 하면 믿어줬을까?"

"믿을 만해야 믿지. 사실 아직도 못 믿겠다. 대체 그 얼굴은 뭐냐?"

"내가 좀 동안이긴 하지."

동안이라 치부할 정도가 아니었다. 사십 나이의 루슬릭이 스물 중반 정도로 보이다니.

이제 마흔 중반에 접어든 레바논으로서는 억울할 노릇이었다.

"몇 살 차이도 안 나건만……."

"그러게 운동 좀 하지."

"검이라면 하루 두 시간 이상씩 거르지 않고 연마하고 있다."

레바논의 대답에 루슬릭은 한숨을 푹 쉬었다.

"두 시간 가지고 되겠냐."

"뭐?"

"아니, 됐어. 그보다, 아버지는 돌아가셨다고?"

"그래. 이 년 전 이맘때쯤이었지."

루슬릭과 레바논의 어머니는 이미 삼십 년 전에 돌아가셨다. 루슬릭이 열 살, 레바논이 열다섯 살 때의 일이다.

아직 어렸던 두 사람은 가슴 찢어지는 슬픔을 미리부터 겪었다. 하지만 아버지의 죽음을 전해 들은 루슬릭은 생각보다 담담했다.

"슬프지 않으냐?"

"슬퍼?"

주먹을 쥐었다 폈다를 반복하며 루슬릭이 고개를 저었다.

"모르겠다."

"모르겠다니… 그게 무슨 말이냐?"

루슬릭은 대답하지 않았다.

그는 아버지를 원망하고 있었다. 자신의 인생을 망치고, 자신을 쫓아낸 사람이 바로 아버지였으니까.

사실 돌아오면 가장 먼저 할 일 중 하나가 바로 아버지께 따지는 것이었다.

왜 그러셨냐고.

"정말 어쩔 수 없는 선택이셨을까……?"

"대체… 그게 무슨 소리냐?"

선택이라니.

중얼거리듯 말했지만 레바논은 루슬릭의 말을 확실히 들을 수 있었다.

"말하거라. 네가 왜 갑자기 그렇게 사라졌는지, 그리고 왜 이제야 돌아왔는지."

"아버지가 정말 아무 말 없었어?"

"그래. 그냥 이제 너는 없는 사람이라고만 하시더라."

"이런 시발……."

이마를 탁 짚으며 루슬릭이 말했다.

"용병."

"뭐?"

"용병짓 하다 왔다."

"용병?"

현 시대에서 용병의 위상은 하늘을 찌를 만하다.

평민 이하 취급을 받았던 시절과는 달리, 현재의 용병은 병사들과 거의 동등한 대접을 받고 있었다. 또한 그중에서도 따로 등급이 나뉘어져 실력 있고 등급이 높은 용병의 경우에는 기사들과 비슷한 대우를 받기도 했다.

직업에는 여전히 귀천이 나뉘어져 있지만 용병은 나름대로 대우받는 직업이 된 것이다. 이제는 귀족도 용병을 인정하는 추세였다.

하지만 아무리 그래도 레바논의 입장에서는 이해가 가지 않는 일이었다.

가만히 있어도 거대한 백작가를 이어받을 루슬릭이었다. 그런 그가 이 좋은 자리를 내버리고 굳이 용병이 될 이유가 있단 말인가?

"대체 왜 그랬느냐? 하흘링 백작가를 버리면서까지, 네가 용병이 되어야 할 이유가 뭐가 있느냐!"

버럭 호통 치는 레바논을 보며 루슬릭은 그 어떤 표정도 짓지 않았다.

"영주님!"

오히려 그 옆에 있던 라프르가 자리에서 벌떡 일어났다.

"다른 분은 몰라도 영주님만큼은… 도련님에게 그리 말씀

하시면 안 됩니다."

"뭣이라?"

레바논은 눈을 크게 뜨고 라프르를 바라봤다.

마치 그는 모든 일의 전말을 알고 있었다는 것 같지 않은가?

"그게 무슨 뜻이지?"

"도련님께서는… 하츨링 백작가를 위해 희생당하신 겁니다."

아버지인 전대 하츨링 백작은 루슬릭에 대해 입을 다물었다. 그것으로 미루어 보아 루슬릭이 단순히 집을 나선 게 아니라는 것쯤은 알고 있었다.

"이십 년 전, 하츨링 백작가에는 빚이 있었지."

루슬릭이 입을 열었다.

사건의 전말은 이랬다.

하츨링 백작가는 동부의 대귀족이지만 그것은 어디까지나 백작이라는 작위 하나뿐이었다.

당시의 제라스 왕국 동부는 지금처럼 평화롭지 못했고 잦은 분쟁이 일어났다. 그 때문에 하츨링 백작가는 용병이 필요했다.

문제는 돈이었다. 결국 후불을 조건으로 용병단에게 도움을 청할 수밖에 없었다. 백작 정도의 신용이면 그래도 꽤나 큰 용병단에게 손을 빌릴 수 있었다.

하지만 결국 하흘링 백작가는 돈을 구하지 못했다. 날이 갈수록 이자가 늘고, 더 이상 갚을 방법이 없을 것 같다 싶을 때였다.

용병들이 돈 대신 하나의 조건을 내밀었다.

바로 뛰어난 재능으로 소문이 자자한 루슬릭을 이십 년간 용병으로 영입시키라는 조건이었다.

"왜 말하지 않았나?"

"……선대 영주님의 뜻이었습니다. 적어도 영주님께는 말하기를 원치 않으셨습니다. 죄송합니다."

라프르는 눈물까지 흘리며 고개를 조아렸다.

그는 어디까지나 선대 하흘링 백작의 밑으로 들어왔던 사람이었다. 비록 몇 년 전에 영주가 레바논으로 바뀌긴 했지만, 그렇다고 선대의 명이 사라지지는 않는다.

레바논은 라프르를 탓할 생각이 없었다. 그보다는 바로 지금, 루슬릭이 돌아왔다는 사실이 중요했다.

한숨을 푹 내쉬며 레바논은 다른 쪽의 궁금증을 묻기 시작했다.

"그래서 용병으로 어디까지 이루었느냐? 이십 년간 용병으로 살았다면, 그만한 결과물이 있을 텐데."

"용병 등급을 말하는 건가?"

용병들은 크게 5등급으로 나뉜다.

입문 용병인 D급 용병.

일반 용병인 C급 용병.

숙련 용병인 B급 용병.

상급 용병인 A급 용병.

특급 용병인 S급 용병.

그 밖으로도 다른 등급이 더 있다는 이야기가 있긴 하지만 세간에 공개된 용병의 등급은 이렇게 5가지였다.

이 중 D급과 C급의 용병이 가장 많았고, B급 이상부터는 상당히 귀한 축이었다.

A급 용병은 하나하나가 기사 이상 가는 실력자로 이루어져 있어 한 명 고용하는 데 어지간한 용병 수십 명 이상의 돈이 들어간다.

S급은 A급 용병들 중 특별한 시험을 통과한 소수에게만 주어지는 등급이었다. 용병왕국에서 직접 지급하는 등급으로, 괜히 특급 용병이라 불리는 게 아니었다.

"뭐, 굳이 따지자면 S급."

"S급? 용병왕국에까지 갔었단 말이냐?"

S급 용병은 용병왕이 직접 내리는 자리다.

용병왕국에 한해서 그들은 일종의 귀족과도 같은 대우를 받으며, 소문에는 보통 용병들은 하지 못하는 특별한 의뢰를 받는다고도 한다.

귀족들이 아무리 콧대가 높다지만 S급 용병을 함부로 하지는 못한다. 레바논은 처음 용병일을 하고 돌아왔다는 대답을 들었을 때와는 달리, 루슬릭이 마냥 헛짓만 하고 돌아온 것은 아니라고 생각했다.

"S급 용병은 무슨 일을 하냐?"

"다 늙은 노친네 똥 닦아주고, 말 안 듣는 애새끼들 대가리한 대씩 쥐어박아 주고."

"……?"

"너무 복잡하게 생각하지 마. 용병은 그냥, 돈 받고 칼을 빌려주는 놈들이니까. 물론… 누구에게 빌려주느냐에 따라 달라지겠지만."

"그래서 빌려준 사람이 다 늙은 노친네들이랑 말 안 듣는 애새끼들이었냐?"

"뭐, 그렇지. 하하하!"

웃음을 터뜨리던 루슬릭이 돌연 표정을 굳혔다.

"그래서 나온 말인데, 여기 애새끼들이 그렇게 개판이라며?"

"……그렇지."

루슬릭의 말은 하츨링 백작가에 고용된 용병들을 뜻하는 것이었다.

용병들이 일으키는 문제는 당연히 영주인 레바논의 귀에도 들어오고 있었다. 문제는, 그들을 통제할 방법도 없는 데다가 무엇보다 함부로 다뤄서도 안 된다는 점이었다.

힘없는 레바논의 대답에 루슬릭이 자리에서 일어났다.

"가자."

"어딜?"

"말 안 듣는 애새끼들 쥐어박아 주러."

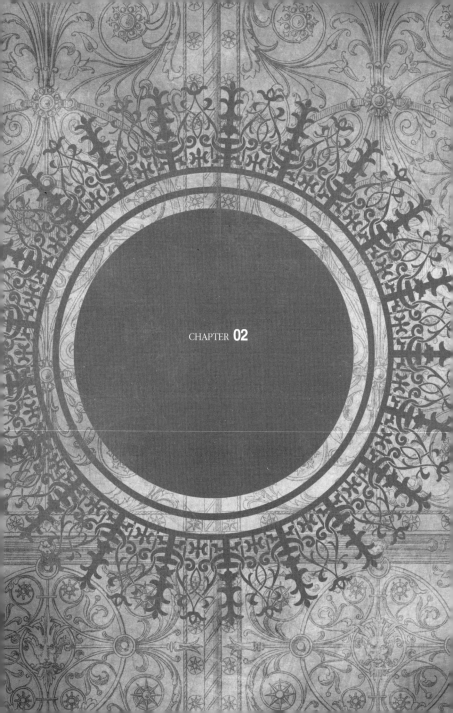

CHAPTER **02**

도톰한 종이 뭉치를 들고 루슬릭이 연무장으로 향했다.

레바논을 시켜 하츨링 백작가에 고용된 용병들을 그곳에 모아놓은 상태였다.

"어쩔 셈이냐?"

"형이 싸 놓은 똥 치울 셈."

루슬릭은 종이 뭉치를 한 장씩 넘겼다.

그는 이십 년간 용병으로 살아온지라 나름대로 계약서를 보는 눈이 있었다. 그렇기에 아주 못 믿을 것은 아니지만 레바논은 왠지 모를 불안감이 들었다.

영주성 옆에 위치한 야외 연무장에는 많은 사람이 모여 있었다.

평소와 같이 검을 휘두르던 기사들과 때 아니게 소집된 용병들. 검술 수련으로 땀을 흘려야 할 그곳이 오늘은 분주함으로 가득했다.

"대체 뭔 일입니까?"

"사람을 불렀으면 일을 봐야지, 지금 장난하시오?"

용병들은 자신들을 소집한 기사들을 향해 성을 내고 있었다.

무려 이백에 달하는 용병. 그들은 하나같이 거칠고 제멋대로였다. 용병의 성향을 드러내는 표본이었다.

그렇다고 기사들이 용병을 함부로 대할 수 있느냐면 그건 아니었다. 용병들은 어디까지나 외부에서 고용된 인물로, 기사들의 억압이 있을 때에는 그것이 계약을 파기할 명분이 되기 때문이다.

용병과의 계약 파기는, 오윈 백작가와의 불화가 있는 지금 하츨링 백작가의 존속과 직결되었다.

"개판이네, 아주."

루슬릭은 용병 하나하나를 훑어보았다.

개중에는 오전에 본 건달들도 섞여 있었다.

"……저 새끼들, 건달 아니었어?"

건달이 아니라 용병이었다.

그래도 돈을 받고 일하는 용병이라는 녀석들이 뒷골목에서 양아치 짓이나 하고 돌아다닌 것이다.

"와나, 뭐 이런 등신들이 다 있어?"

"드, 등신들?"

루슬릭의 목소리를 들은 용병들이 날카로운 눈으로 그를 노려봤다.

하지만 영주인 레바논이 옆에 있기 때문일까?

아직까지 루슬릭을 향해 달려드는 사람은 없었다.

"이놈들 누가 고용했어?"

"라프르가 인근 용병 조합에서 고용했다."

"……그 영감 안 되겠네. 나이를 먹어서 그런가?"

뼈 있는 루슬릭의 말에 레바논은 허허 웃었다.

나이가 좀 들었다고 해도 라프르는 충분히 유능한 총관이었다. 문서 작업 능력부터 행정 능력까지, 어디 하나 빠지는 구석이 없었다.

하지만 단 하나, 용병에 대해서는 알지 못했다.

탁탁—

"용병단을 고용할 때 명심해야 할 것. 두 개 이상의 용병단을 고용하지 마라. 만약 그게 힘들다면 총 용병단장을 뽑아 질서를 유지시켜라."

용병단은 규모에 따라서 A급부터 D급까지 나뉘었다.

50명 단위의 D급 용병단.

100명 단위의 C급 용병단.

200명 단위의 B급 용병단.

500명 단위의 A급 용병단.

그중 200명 단위의 B급 용병단을 고용하기 위해서는 C급 용병단의 3배에 가까운 돈을 지불해야 했다.

때문에 라프르는 C급 용병단 두 곳과 계약을 맺었다.

그것이 큰 실수였다.

막스 용병단과 자르 용병단, 두 곳은 평소 사이가 좋지 않던 용병단이었다. 그런데 우연히도 그 두 용병단이 하츨링 백작가의 의뢰를 받아들인 것이다.

사이가 좋지 않은 용병단이 함께하니 당연히 잡음이 많을 수밖에 없었다. 문제는 그것이 단순히 잡음 정도로 끝나지 않았다는 것이지만.

"저것들 당장 내일부터 잘라 버려."

"이보시오! 당신이 뭔데 우리를 자르라 마라야!"

우락부락한 체격의 용병이 앞으로 나섰다.

그가 나서자 무리지어 있던 용병들이 길을 비켰다.

한눈에 보아도 단장임을 알 수 있었다.

"너 뭐냐?"

"뭐냐니?"

"이름 말이야. 개새끼라고 부를 순 없잖아."

용병 단장의 얼굴이 붉어졌다.

"막스 용병단의 단장 막스다!"

"아, 그래. 귀청 떨어지겠네. 흥분하지 말고 계약서나 봐."

쉬익—

루슬릭은 가지고 온 종이 뭉치 두 묶음을 던졌다.

그중 한 묶음은 막스의 손에, 다른 한 묶음은 조금 떨어진 용병의 손에 들렸다.

다른 한 명의 용병은 바로 자르였다. 오늘 처음 보는 루슬릭이 자르를 정확히 짚어내자 막스는 물론이고 장내의 용병들은 깜짝 놀랐다.

"구구절절 서론이나 양식 다 제끼고, 본론만 말한다. 첫째, 용병들은 영지 내에서 질서를 어지럽히지 않으며 문제를 일으키지 않는다."

루슬릭이 용병들을 돌아봤다.

"계약 위반."

"크흠."

막스의 입에서 불편한 기침이 터져 나왔다. 이것은 어느 용병 계약서에나 명시되어 있는 평범한 내용이었다.

"둘째, 용병단은 특별한 일이 있지 않고서는 추가 수당을 받지 않는다."

루슬릭이 돌아보자 레바논이 대답했다.

"계약 위반."

"좋아. 셋째, 영지전 내지 소규모 다툼에서……."

루슬릭은 계약서의 내용을 쭉 읽어나갔다.

하나하나 계약에 위반되는 내용들.

막스와 자르는 차마 반박하지 못했다.

"계약 기간이 아직 석 달 남긴 했는데…… 이런데도 계속
계약 이어갈 거냐?'

루슬릭의 너스레에 레바논이 피식 웃었다.

"파기."

"계약 마지막 조항. 위와 같은 문제를 일으켜 계약이 파기
될 경우, 용병단은 계약금 일체를 반납한다."

탁—

두꺼운 계약서가 모두 읽혔다.

"돈 내놔, 새끼들아."

＊　　　＊　　　＊

용병들의 반발은 당연했다.

"어디서 그런 헛소리를!'

"니가 뭔데 나서서 이래라저래라야?"

계약금이란 의뢰금의 절반을 선수로 받는 돈이었다.

전체 의뢰금의 절반이란 어마어마한 액수다. 특히 용병단 단위로 고용된 그들의 경우 더더욱 그렇다.

사실상 놀고먹는 데 계약금을 다 써버린 그들로서는 돌려주고 싶어도 돌려줄 수 없는 상황인 것이다.

게다가…….

"우리가 없으면 오렌 백작이 가만히 있을 것 같소?"

사실 용병들의 역할이 아주 없다고만 할 수는 없었다.

싸움의 억제.

세력의 균형.

용병들은 오렌 백작가와의 전면전을 막아주는 일종의 방패와 같았다. 그들이 있기에 오렌 백작가와의 세력을 비슷하게 맞출 수 있고, 그로 인해 전면전이 벌어지지 않고 있다고 할 수 있었다.

"어떡할래?"

루슬릭의 물음에 레바논이 씁쓸하게 웃었다.

"틀린 말은 아니다."

화가 나지만 저 이유 때문에 용병들과의 계약을 끝내지 못하고 있었다.

보다 현실적인 문제가 눈앞에 다가오자 루슬릭은 눈살을

찌푸렸다.

"골치 아프군."

"호호, 그걸 이제 알았소?"

"골치 아픈 놈인 게 자랑이냐?"

잠시 생각하던 루슬릭이 해답을 내놓았다.

"좋아, 그럼 이렇게 하지."

"뭘 어떻게?"

루슬릭이 손을 들어 막스와 자르를 각각 가리켰다.

"너, 너. 니들 용병단, 내가 먹는다."

"뭐, 뭣?"

의외의 말에 용병 단장들은 물론이고 레바논 역시 놀랐다.

"불만 있냐?"

"없을 수가 없지. 우리가 그 말을 납득하리라 생각하시
오?"

막스보다 한결 차분한 음성의 사내.

자르였다.

막스가 불같다면 자르는 물 같았다. 화끈한 성격의 막스와
는 달리, 자르는 늘 냉정하고 신중했다. 그리고 그 성격 차이
는 두 사람이 늘 으르렁거리는 이유이기도 했다.

지금까지 잠자코 있었지만 자르 역시 이번만큼은 막스와
생각이 같았다. 루슬릭은 지금 선을 넘어가고 있었다. 용병단

을 통째로 가져가겠다는 말만큼은 그냥 넘어가기 힘들었다.

"장난으로 보이냐?"

서글서글한 얼굴만 보자면 장난처럼 보이기도 했다.

하지만 결코 장난으로 할 발언은 아니었다. 막스가 물었다.

"무슨 속셈이지? 아니, 그전에 그럴 자격은 되나?"

"자격? 차고 넘치지."

루슬릭이 품에서 반짝이는 패 하나를 꺼내자 막스가 깜짝 놀랐다.

"S급 용병패!"

막스의 외침에 자르 역시 깜짝 놀랐다.

처음에는 그냥 영주가 데려온 나대는 녀석 정도로 보았는데, 설마하니 S급 용병일 줄이야.

막스와 자르는 A급 용병이었다. 두 사람 모두 인근 용병 조합에서는 손꼽히는 실력자로 유명했고, 스스로도 실력에 자부심을 가지고 있었다.

하지만 그런 두 사람도 S급 용병의 앞에서는 기가 죽을 수밖에 없었다.

A급 용병은 귀하지만 찾고자 한다면 찾을 수 있다. 하지만 S급 용병은 단 한 등급 차이지만 A급 용병과는 전혀 달랐다.

이런 지방 용병 조합에는 한 사람 있을까 말까 한 존재가 바로 S급 용병인 것이다.

"이제 됐냐?"

"……확실히 자격은 충분하군."

자르가 고개를 끄덕였다.

S급 용병은 500명 단위의 A급 용병대를 운영할 수 있는 자격을 가지고 있었다.

하물며 200명 단위 정도야. 더군다나 계약에 의해 레바논은 더 높은 등급의 용병이 있을 경우, 그에게 임시나마 용병단의 총단장을 맡길 수 있었다.

"그런데 말이야. 이딴 식으로 내가 단장이 되면 니들도 배아프고 아니꼽겠지?"

울며 겨자 먹기 식으로 단장이 되어봤자 크게 달라지지는 않을 것이다.

"넷 다 덤벼. 니들이 이기면 계약 파기는 없던 걸로 해주지. 아, 물론 용병단도 그대로 유지시켜 주고 말이야."

루슬릭은 손을 까닥거렸다.

"난 맨손으로 해주지."

"……그게 진짜냐?"

그들은 A급 용병이었다.

비록 루슬릭이 S급 용병이라고는 하나 2대1. 게다가 루슬릭은 무기도 들지 않는다.

'이길 수 있다.'

판단이 서자 막스가 대답했다.

"좋다."

"나도 받아들이지."

자르까지 고개를 끄덕이자 주위의 용병들이 막스와 자르, 그리고 루슬릭을 중심으로 서서히 자리를 옮기기 시작했다.

순식간에 세 사람을 위한 무대가 만들어졌다.

"후회하게 만들어주지."

차앙―!

호쾌하게 검을 뽑은 막스와 자르는 루슬릭을 향해 검을 겨눴다. 날카로운 검 끝이 자신을 향하고 있음에도 루슬릭은 싱글벙글 웃으며 손가락 마디를 꺾었다.

우두둑―

"니들 생각이야 뻔하지."

먼저 움직인 쪽은 루슬릭이었다.

"쪽수가 되니까, 무기가 없으니까 이길 수 있다고 생각했지?"

루슬릭은 정확히 그들의 생각을 짚어냈다.

당연하다.

보통 다들 그렇게 생각할 테니까.

루슬릭은 걸음을 멈추지 않았다.

검을 뻗으면 닿을 거리. 막스는 곧장 검을 내질렀다.

그 순간.

쉬익—

빠각— 콰지직—!

"……!"

막스의 머리가 연무장 바닥에 꽂혔다.

"끄어어……."

챙—

막스의 검이 떨어졌다. 순간적인 충격에 눈이 까뒤집히고, 그대로 정신을 잃었다.

그리 빠르지 않았지만 장내의 그 누구도 루슬릭이 어떻게 움직였는지 보지 못했다.

"그러니까 니들이 개구리라는 거야."

A급 용병?

우습다.

"니들은 한 번도 '진짜'를 본 적이 없으니까."

＊　　　＊　　　＊

막스와 자르의 실력은 엇비슷했다.

당연히 막스를 일수에 제압한 루슬릭에게 자르는 크게 어려운 상대가 아니었다.

순식간에 자르를 제압한 루슬릭은 한마디 말을 툭 던져놓고 연무장을 나섰다.

"쟤들 일어나면 나한테 오라고 해."

압도적인 신위로 용병 단장들을 제압한 루슬릭을 용병들은 영주가 특별히 고용한 S급 용병 정도로 생각했다.

루슬릭이 막 말끔한 옷으로 갈아입었을 쯤, 막스와 자르가 찾아왔다.

"생각보다 일찍 왔네?"

"……부르셨다 들었습니다."

대답한 사람은 자르였다.

차분한 목소리에 루슬릭은 그가 굴복했음을 알 수 있었다.

집무실에서 레바논과 함께 노닥거리던 루슬릭은 자리에서 일어나 두 사람을 끌고 손님 접대실로 향했다.

"여기서부턴 용병들끼리 이야기하자고."

"어떡하실 생각입니까?"

막스 역시 말투가 존대로 바뀌었다.

가벼운 종이로 만들어진 계약서보다는 당장 눈앞에 가까워진 주먹이다. 루슬릭은 용병들을 다루는 가장 확실하고 간단한 방법을 잘 알고 있었다.

"어떡하긴. 니들 단속부터 들어가야지."

"단속이라시면……?"

막스와 자르는 모르겠다는 듯 물었다.

루슬릭은 어떻게 설명할까 하다가 적절한 예를 떠올렸다.

"내가 말야, 여기 오는 길에 골목에서 삥을 좀 뜯길 뻔했거든."

"뜯겼습니까?"

"뜯겼겠냐?"

그럼 그렇지 하는 눈으로 루슬릭을 바라보는 막스와 자르였지만, 루슬릭은 개의치 않았다.

"골목에 가니까 두 놈이 어깨를 탁 잡더니 구석으로 끌고 가더라고. 뭐, 그런 양아치 새끼들이야 어딜 가든 꼭 있지. 그런데 그런 양아치 새끼들이 칼밥 먹는 용병이라면 얘기가 다르지 않겠어?"

"설마… 그게 우리 애들이라는 겁니까?"

"아까 연무장에 있더라. 백작가의 영주성에 골목 양아치가 들어와 있지는 않을 테니, 용병이겠지."

두 사람은 충격을 받은 표정이었다.

특히 자르는 얼굴을 붉히며 입술을 부들부들 떨고 있었다. 그만큼 화가 크다는 뜻이었다.

용병들의 문제는 보통 단장의 책임인 경우가 컸다. 그리고 그 경우는 크게 두 가지로 나타난다.

첫째, 용병 단장이 문란한 경우다. 이 경우는 답이 없다. 용병들을 관리해야 할 용병 단장이 앞장서서 영지 내에서 문제를 일으키니 말이다.

둘째는 용병 단장이 용병들을 관리하지 않았을 경우다.

용병들은 거칠다. 싸움도 서슴지 않고 본성도 썩 착하다고 볼 수 없다. 태생이 건달이었던 이들도 상당수 존재했다.

그런 만큼 그들을 관리할 사람이 필요한데, 용병 단장이 그 역할을 하지 못하면 당연히 문제가 될 수밖에 없는 것이다.

막스와 자르의 경우는 다행히 후자였다. 서로가 서로를 신경 쓰느라 휘하 용병들을 제대로 단속하지 못한 것이다.

"어쩔래?"

이번엔 루슬릭이 물었다.

막스와 자르는 고개를 들어 대답했다.

"당장 그놈의 새끼들을……."

"갈가리 찢어서 개의 먹이로……."

"……애꿎은 개한테 먹이지 말고 니들이 처먹으렴."

루슬릭는 한심하다는 눈으로 막스와 자르를 바라봤다.

"그냥 애들 단속이나 잘해라. 앞으로는 그런 짓거리들 못 하게. 용병단끼리 불화도 일으키지 말고. 알겠냐?"

"예!"

"좋아. 그건 그거고. 니들, 의뢰 내용 기억은 하지?"

막스와 자르가 하츨링 백작가와 계약을 한 지 벌써 1년 반이 넘어갔다.

그동안 오렌 백작가와 여러 차례 마찰이 있었지만 대부분 전면전보다는 작은 다툼 정도로, 용병들이 나서기 전에 정리가 되곤 했다.

때문에 용병들은 지금까지 오렌 백작가와 마찰 없이 정기적으로 지급되는 의뢰금을 받고 있었다.

"기억합니다. 오렌 백작가와의 싸움이 일어날 때, 병사들을 대신해 싸우는 거죠."

"싸운 적은 있고?"

"그게… 아직까지 그런 상황이…….

"쉽게 말해서, 일은 안 하고 배만 불린 거지."

달리 반박할 말이 없어 막스는 고개를 푹 숙였다.

"뭐, 이해는 해. 너희라고 목숨 걸고 싸우는 게 좋을 리는 없으니까. 물론 아쉽게도 그런 생활은 이제 끝이지만."

"그게 무슨 말입니까?"

"난 한시라도 빨리 이 싸움을 끝낼 셈이거든."

"어떻게 말입니까?"

싱글벙글하던 루슬릭이 표정을 굳히더니 대답했다.

"전쟁."

전쟁.

아무리 칼밥을 먹고 사는 용병이라지만 전쟁이 아무렇지 않을 수는 없다.

전쟁에서의 패배는 곧 죽음과 연결되는 것이다.

"쉽지 않은 일입니다."

"니들에겐 말이야."

대수롭지 않은 대답.

단순한 싸움도 아니고 수백, 수천의 목숨이 사라지는 전쟁을 너무나도 쉽게 입에 담는 루슬릭이었다.

한껏 가볍게 느껴질 수 있으나 S급 용병인 루슬릭의 모습은 막스와 자르의 눈에 다르게 비춰졌다.

'과연 S급 용병인가?'

'이자는 목숨이 오고가는 전쟁을 아무렇지 않게 생각하는구나.'

두 사람의 눈에 존경심이 깃들었다.

'이자와 함께라면……'

'나도 S급 용병이 될 수 있지 않을까?'

루슬릭이 보여준 실력. 그리고 저 자신감.

막스와 자르는 존경과 기대 어린 시선으로 루슬릭을 바라봤다.

반짝반짝 빛나는 눈으로 자신을 바라보는 모습에 루슬릭은 찔끔 놀랐다.

"뭘 그렇게 봐?"

"아무것도 아닙니다."

심지어 볼에 홍조까지 띠며 고개를 돌리는 막스의 행동에 루슬릭은 어이없다는 표정을 지었다.

"븅신들아, 니들 남색하냐?"

*　　　*　　　*

루슬릭은 표면상 하츨링 백작가의 직계가 아닌 레바논이 고용한 S급 용병으로 되어 있었다.

귀족이 아닌 용병으로서 하츨링 백작가에 안착한 루슬릭은, 막스와 자르를 아래에 두고 용병단의 총단장으로 활동했다.

그 결과, 조금씩이지만 용병단의 불화는 사라져 갔다. 단장인 막스와 자르가 용병들을 엄하게 단속한 까닭이었다.

"상단?"

"그래. 가능하면 용병들이 호위해 줬으면 하는군."

레바논은 루슬릭과 막스, 자르를 불렀다.

이유인즉, 상단의 호위 문제였다.

"그거라면 병사들이 있을 텐데요?"

"근래 오웬 백작가의 동태가 심상치 않아 대부분 인접 지역에서 경계 상태네. 아무래도 인력을 많이 빼기가 어려워."

"그래서 우리 용병들이 필요하다는 겁니까?"

"그래."

하츨링 백작가에는 따로 운영하는 상단이 있었다.

상단은 주로 영지에서 미처 충당하지 못한 식자재들을 사오거나 영지에서 생산되는 약재나 철광석 등을 외부로 수출하는 역할을 하고 있었다.

자급자족이 어려운 하츨링 백작령으로서는 선택이 아닌 필수였다.

"이미 오렌 백작가에서는 우리 상단을 노린 전적이 있어. 이번에도 물자가 털리면 영지 자체에서 올 겨울을 나기가 힘들게야."

"하지만 계약에 호위 같은 내용은……."

"계약 2항, 용병들은 특별한 경우를 제외하고는 추가 수당을 받지 않는다."

루슬릭이 자르와 막스를 돌아봤다.

"이해했냐?"

"특별한 경우 추가 수당을 받고 계약 외의 의뢰를 수행할 수 있다는 겁니까?"

"잘 아네."

용병들의 계약서는 늘 유동적이다. 특별한 상황에서 용병들이 필요할 때 그들을 활용할 수 있기 위함이었다.

고용주의 입장에서는 따로 계약을 하거나 용병을 구할 필요가 없어서 좋고, 용병의 입장에서도 추가 수당을 받을 수 있으니 나쁠 것 없었다.

"그 의뢰, 받아들이지."

"예?"

"불만 있냐??"

의뢰를 냉큼 받아들인 루슬릭이 터져 나온 불만에 싱긋 웃었다. 그 웃음이 웃는 게 아님을 아는 막스는 입을 꿰맬 수밖에 없었다.

'뭐, 우리에게도 나쁜 건 아니니까.'

용병들의 목적은 아무래도 돈.

호위 임무 자체가 그리 어려운 의뢰가 아닌 만큼 막스나 자르에겐 오히려 환영할 일이었다.

'게다가……'

'여차하면 우리에겐 S급 용병도 있으니.'

어쩌면 이 기회에 볼 수 있을지도 몰랐다.

S급 용병.

루슬릭이 가진 실력을 말이다.

*   *   *

하츨링 백작가는 영지 자체의 규모는 크지만, 땅이 그리 비옥하지 않아 자체적으로 식량을 비축할 수 없었다.

그런 척박한 땅에서도 하츨링 백작가가 성장할 수 있었던 배경은 철광석이 다량으로 매장되어 있기 때문이었다. 식량과 철광석, 어느 쪽이 더 돈이 되느냐고 한다면 당연히 철광석이었다.

지금에야 전쟁이 끝나고 값어치가 많이 떨어졌다지만 그럼에도 하츨링 백작가는 철광석을 팔아 식자재를 비롯한 보급을 할 수 있었다.

철광석은 무기를 만드는 재료이다. 그리고 현 시대에서 곧 화폐의 용도로 사용할 수도 있었다.

하츨링 백작가는 인근의 군소 영지에 철광석을 제공하고 그 대가로 식량을 들여왔다.

하지만 만약 철광석을 빼앗긴다면?

그래서 식량을 들여오지 못한다면?

하츨링 백작가는 이번 겨울을 나기가 무척 힘이 들 수밖에 없었다.

"어마어마하군."

일렬로 줄지어 선 마차들을 보며 막스는 혀를 내둘렀다.

이 정도의 철광석이라면 그 값어치가 어느 정도일지 그의 머리로는 상상도 되지 않았다.

여러 대의 마차에 나눠서 실린 철광석은 수만 명의 사람이 몇 달간 먹을 식량과 바꿀 물자였다.

"파리 들어가겠다. 입 다물고 빨리 준비해. 마차 한 대에 용병 다섯, 기사 한 명씩 남은 인원은 전체적으로 움직이며 주위를 감시한다."

루슬릭이 용병 한 명, 기사 한 명씩을 짚어 호위 인원을 분배했다.

이번 호위 인원은 상단을 이끄는 상인들을 제외하고 용병 이백에 기사가 서른이었다. 용병들만으로 안심이 되지 않는지 레바논이 기사 서른을 호위 임무에 파견한 것이다.

기사 서른이 끼어 있는 이백 명의 용병.

상단의 호위 치고는 과분할 정도의 인력이었다.

'그 정도로 불안하다는 것이겠지.'

이번 상행은 단순한 상행이 아니었다.

어찌 보면 하즐링 백작가의 사활이 걸려 있었다. 루슬릭은 배를 채우지 못한 병사들이 얼마나 힘을 쓰지 못하는지 잘 알고 있었다.

호위 구성이 갖춰지자 상행이 시작되었다. 무거운 철광석을 실은 마차가 느릿느릿 움직였다.

그렇게 며칠간 지루한 상행이 이어졌다.

"……너무하는 것 아닙니까?"

"뭐가?"

"총 단장 말입니다. 우린 다 힘들게 걸어가는데 혼자 저리 편히 갑니까?"

용병 한 명이 막스에게 다가가 따졌다.

용병들은 마차가 움직이는 속도에 맞춰 그 주위를 걸어가고 있었다. 그리 빠른 속도는 아니었지만, 며칠씩이나 걸었고 앞으로도 또 며칠을 걸어야 하는 용병들의 입장에서는 썩 피곤할 수밖에 없었다.

특히나 기사들은 무거운 갑옷을 걸친 채 마차와 속도를 맞추고 있었다. 갑옷의 무게까지 생각해 보면 어지간한 용병들은 감히 엄두도 못 낼 행군이었다.

그런 반면 루슬릭은?

혼자서만 짐 위에 편안히 누워 따사로운 햇살을 받으며 낮잠을 취하고 있었다. 간혹 돌부리에 걸려 마차가 흔들리면 잠깐 깼다가 다시 드러눕는다.

그 모습을 지켜보는 용병들은 배가 아파오다 못해 전투 본능이 샘솟을 정도였다.

"으음, 그게 말이다……."

"단장!"

"아무리 총 단장이라 해도 이건 너무한 것 아닙니까?"

"맞습니다! 단장이 가서 한번 따져 주십쇼!"

막스는 자신을 향해 소리치는 단원들을 차마 무시할 수 없었다.

결국 그는 가슴을 탕탕 두드리며 자신 있게 소리쳤다.

"그래! 내가 가서 말해 보마."

"역시 단장입니다!"

머리 뒤로 들리는 환호성에 막스는 무거운 발걸음을 옮겼다.

짐 위에 편안히 누워 있는 루슬릭은 워낙 낮잠을 많이 잔 탓인지 해가 뉘엿거리는 지금은 깨어 있었다.

어디서 구했는지 모를 풀을 잘근거리며 산에 걸린 노을을 바라보는 루슬릭의 모습은 막스의 입장에서 신선놀음이 따로 없었다.

"단장."

"벌써 밥 때냐?"

루슬릭이 내려올 때는 언제나 끼니때였다.

막스나 자르가 루슬릭을 부르는 때 역시 마찬가지였다.

하지만 단원들의 항의를 듣고 온 막스는 천연덕스레 물어오는 루슬릭의 모습을 보고 있자니 열이 확 뻗쳤다.

"이제 그만 내려오시죠."

"메뉴는 뭐냐?"

"아뇨, 그게……."

루슬릭은 기지개를 펴며 입맛을 다셨다. 배에서는 꼬르륵 소리까지 들렸다.

'저 새끼 뱃속엔 거지가 들었나?

차마 입 밖으로 내뱉지 못한 말이 머릿속에서만 맴돌았다. 막스는 뭐라고 해야 할지 몰라 머리를 쥐어뜯었다.

하지만 단순하고 우직한 막스는 돌려 말하기라는 것을 몰랐다.

"끙. 그리고 계시는 거 꼴 뵈기 싫답니다."

"누가?"

"아래 놈들이요."

"용병들이?"

"네."

"안 돼."

"왜입니까?"

잠시 고민하던 루슬릭이 진지한 표정으로 말했다.

"니들 눈에는 내가 놀고 있는 걸로 보이겠지만 사실은 아니야. 가장 높은 곳에서 항상 주위를 살피며 적이 나타나지 않을까 경계하고 있는 거다."

"아까 보니까 코고시던데요?"

"뒤질래?"

우두둑—

루슬릭이 목을 돌리자, 관절 마디가 풀리는 소리가 났다. 어지간히도 몸을 움직이지 않은 듯했다.

마차는 어느덧 숲 속으로 들어서고 있었다.

산에 걸려 있던 해는 사라지고, 용병들은 각자 굵은 나뭇가지를 꺾어 기름을 칠하고 횃불을 만들었다. 덕분에 길이 조금은 밝아졌지만 간신히 상행을 이어갈 수 있을 정도였다.

그 모습을 보는 루슬릭은 표정을 찡그렸다.

"병신들."

스릉—

루슬릭이 옆에 놓아둔 검을 뽑아 들었다.

막스는 얼굴이 하얗게 질리며 손을 저었다.

"아, 아닙니다! 전 전혀 불만 없어요!"

"뭐하냐?"

루슬릭이 어둠 속을 바라봤다.

"정신 차려. 적이다."

*   *   *

"적이라고요?"

막스가 고개를 휙 돌려 루슬릭의 시선을 쫓았다.

하지만 아무것도 보이지 않았다. 해가 거의 저문 까닭에 보이는 것이라고는 가까이 있는 루슬릭의 표정 정도였다.

저 멀리 어둠 속까지 꿰뚫어볼 수 있는 눈이 그에게는 없었다.

"뭐가 보입니까?"

"보인다기보다는 아는 거지."

알지 못할 말이었다.

보이는 것과 아는 것. 그것의 차이를 깨닫기에 막스는 루슬릭과 너무 다른 삶을 살았다.

모르겠다는 표정을 짓는 막스를 뒤로하고 루슬릭이 자리에서 벌떡 일어나 소리쳤다.

"전부 햇불을 꺼라! 지금 당장!"

"네?"

"죽기 싫으면 빨리!"

힘이 실린 외침.

갑작스러운 명령이었지만 하나둘씩 햇불이 꺼지기 시작했다. 옆에 있는 사람이 햇불을 끄면 그 옆에 있는 사람도 덩달아 햇불을 껐다.

총 단장의 말이었다. 당연히 들어야 함이 맞고, 알 수 없는 소리더라도 하는 척이라도 해야 했다.

하지만 루슬릭의 명령을 듣는 용병이 있는 반면, 그렇지 않은 용병들도 있었다.

일종의 반항 심리였다. 갑작스럽게 나타나 막스와 자르를 제치고 단장 행세를 하는 그의 명령을 달갑지 않게 여긴 것이다. 더군다나 고된 상행 중에 자기 혼자서만 편하게 가려고도 했으니.

루슬릭은 횃불을 끄지 않는 용병들을 보며 눈살을 찌푸렸다.

"저 새끼들이?"

루슬릭의 표정이 심상치 않자, 막스가 다급히 외쳤다. 대체 뭐가 있다는 것인지는 모르겠지만 그는 S급 용병인 루슬릭을 믿었다.

"용병들 전원 횃불을 꺼라!"

하지만 그의 외침은 한발 늦어 있었다.

쉬익—

푸욱—

어디선가 날아온 화살.

그것이 시작이었다. 순식간에 수많은 화살이 마차를 비롯한 용병들을 덮쳐왔다.

파바바바바박—

날카로운 화살은 순식간에 용병들의 목숨을 앗아갔다. 팔이나 다리에 화살을 맞은 용병들은 그나마 숨은 붙어 있었지만, 재수 없게 목이나 심장에 맞은 용병도 몇 있었다.

"그러니까 횃불을 끄라고 했잖아."

지금은 해가 저문 밤이다. 게다가 달빛도 제대로 들어오지 않는 숲 속이었다.

한 치 앞도 제대로 보이지 않는 어둠에서는 숫자라는 개념이 사라지고 아군과 적군의 경계를 무너뜨린다. 결국, 난전이 불가능해지는 것이다.

그런 상황에서 가장 좋은 수는 역시나 활과 화살이었다. 멀리 떨어진 상대라면 아군과 적군의 경계를 확실히 그을 수 있으니까 말이다.

물론 활과 화살을 쓰기 위해서는 한 가지 전제 조건이 붙었다.

바로 상대가 보여야 한다는 것.

그리고 횃불은 어둠 속에서 상대에게 모습을 보이는 아주 최악의 수단이었다.

하지만 루슬릭의 명령으로 횃불이 다 사라져 활과 화살은 무용지물이었다.

물론 그렇다고 해서 화살이 멈추지는 않았다.

"마차에 몸을 바짝 붙여! 화살에 맞지 않게 최대한 지형물에 몸을 밀착시켜라!"

카앙—!

루슬릭은 자신의 머리 위로 날아오던 화살을 쳐냈다.

횃불이 사라진 지금, 적은 아군을 볼 수 없었다. 저들이 날리는 화살은 단지 조준 없이 날리는 무작위식일 뿐이다.

조준하지 않은 화살이 적을 맞힐 확률은 극히 낮지만 수십, 수백 발씩 날리면 눈먼 화살에 맞아 죽을 수도 있는 것이다.

"뭐, 이런 식으로 마구 써대면 화살도 금방 떨어지겠지만."

아니나 다를까.

비처럼 쏟아지던 화살은 금세 잦아들었다. 가지고 올 수 있는 화살의 수는 한정되어 있기 때문이다.

화살비가 멈추자 용병들은 안도했다. 횃불을 미리 끄지 않았다면, 그리고 횃불을 끄라는 루슬릭의 명령이 없었다면 아마 큰 피해를 입었을 것이다.

"이제 어떡합니까?"

"어떡하긴. 앞이나 제대로 보이냐? 니들은 그냥 여기 있어."

"'니들은'이라면… 단장님은요?"

"나? 난 알 수 있거든."

루슬릭의 시선은 처음 화살비가 떨어지기 시작하고부터 지금까지 같은 곳을 바라보고 있었다.

"쥐새끼들이 어디 있는지."

＊　　　＊　　　＊

오렌 백작가에 고용된 용병단은 A급 용병 고든이 단장으로 있는 고든 용병단이었다.

고든은 백부장 출신의 용병이었다. 그는 검술 실력도 실력이지만 무엇보다 병법이나 작전을 짜는 능력을 인정받아 A급 용병이 되었다.

이 작전을 계획한 사람 역시 고든이었다. 그는 백부장으로서 겪어본 전쟁과 용병으로서의 경험을 바탕으로 어둠 속에서의 싸움을 계획했다.

그런데…….

"대응이 생각보다 너무 빠르군."

고든은 눈살을 찌푸렸다.

자신들의 존재를 미리 간파한 것이 분명했다. 게다가 이런 상황을 이미 겪어본 듯, 횃불을 끄고 몸을 숨기라는 지시를 내리며 신속하게 대응했다.

웬만큼 노련한 용병이 아니고서야 이런 대응을 하기 어렵다. 뛰어난 전략과 전술로 A급 용병이 된 고든 자신이라 할지라도 이 정도로 빠르게 움직일 수 있을지 의문이었다.

"이번 기습으로 상대를 많이 줄여놨어야 했는데."

"일이 어떻게 돌아가는 겐가?"

고든의 뒤에서 묵직한 음성이 들려왔다.

그는 바로 오웬 백작가에서 고든과 함께 보낸 제3기사단장 헨리스였다.

오웬 백작은 이번 하츨링 백작가의 상행을 눈여겨보고 있었다. 때문에 상행을 습격하는 인원을 용병 이백에 기사 이십으로 구성했다.

정면으로 붙어도 밀리지 않을 정도의 인원이었다. 하지만 고든은 좀 더 신중을 기하는 쪽을 택했다. 그 부분에서는 헨리스 역시 같은 생각이었고, 백부장 경험이 있는 고든에게 작전권을 위임했다.

"잘 모르겠습니다."

"잘 모르겠다니?"

"저들이 횃불을 밝힌 상태로 화살을 맞아주었다면 모를까, 아무것도 보이지 않는 상태로 쏜 화살이 얼마만큼의 피해를 주었을지는 알 길이 없습니다."

"그럼 적에게 전혀 피해를 주지 못했다는 건가?"

"처음 몇 발 정도는 적중했겠지만… 그 이후로 용병들이 지휘에 따라 신속히 움직였다면, 피해는 거의 없을 겁니다."

차분한 고든의 판단에 헨리스는 불만이라는 듯 미간을 찌푸렸다.

결국 적에게 피해는 못 주고 아까운 화살만 날린 셈이 아닌가?

이번 작전에 들어간 화살만 해도 무려 이천 개였다. 그 정도 물자를 가지고 거의 피해를 입히지 못했다니, 어이가 없을 노릇이었다.

"그래서, 이제 어쩔 셈이지?"

"다음 전략으로 넘어가야죠."

고든은 하츨링 백작가의 상단이 있는 방향을 바라봤다. 하지만 보이는 것이라고는 새까만 어둠뿐이었다.

"아직 밤은 저희 편입니다."

그때였다.

"누구 맘대로?"

이질적인 목소리.

고든과 헨리스는 화들짝 놀라 주위를 둘러봤다.

"누구냐?"

"누구긴, 딱 보면… 아니지, 들으면 몰라?"

서걱―

"크윽. 크아아아아아악!"

끔직한 비명 소리가 숲속을 쩌렁쩌렁 울렸다.

목소리의 주인공, 루슬릭이 대답을 이었다.

"니들 적이지."

서걱―

"으아아악!"

또다시 퍼진 비명 소리.

그것은 오웬 백작가 진영에 공포로 다가왔다.

이 어둠 속에 적이 숨어 있다!

당장 눈앞에 다가온 칼보다 보이지 않는 적이 더 무서운 게 사람의 심리이다. 보이지 않는 어딘가에서 누군가 자신을 향해 칼을 겨누고 있다는 생각에 용병들은 물론이고 기사들 역시 몸을 움츠리고 있었다.

어둠은 상황에 따라 그 어떤 것보다 완벽한 무기가 될 수 있었다. 고든은 그 점을 잘 알고 있었고 그것을 활용해 전술을 세웠다.

고든이 생각한 두 번째 전술.

그것은 용병 한 명을 하츨링 백작가 진영에 침투시켜 비명 소리를 내게 만드는 것이었다.

비명 소리는 사람의 심리를 뒤틀고 공포심을 조성시킨다. 적이 있다는 생각에 그들은 검을 뽑을 것이고, 결국 자기들끼리 죽고 죽이게 되리라.

물론 침투시킨 용병은 다시 빠져나오게 할 생각이었다. 보이지 않는 어둠 속에서라면 용병 역시 적을 볼 수 없으니 말이다.

하지만 한 가지 간과한 사실이 있었다.

어둠은 최고의 무기이지만, 그 혼자만의 것이 아니었다.

"당연한 것 아니야? 네가 생각할 수 있다면, 나도 생각할 수 있어."

"네놈… 용병이냐?"

고든은 루슬릭의 말투에서 그가 기사나 귀족이 아님을 알 수 있었다.

물론 루슬릭은 기사이자 귀족이었다. 하지만 또한 용병이기도 했다.

루슬릭은 어둠 속에서 웃었다.

그러고 해서 이 어둠 속에서 모든 것이 보이지는 않았다. 하지만 루슬릭은 자신의 주위에 누가 있는지, 그게 적인지 아군인지 확실하게 구분할 수 있는 능력이 있었다.

서걱―

눈앞에 있는 용병 하나를 베어 넘기며 루슬릭이 입을 열었다.

"내가 보이지 않겠지? 근데 난 이런 곳에서도 너희가 어디 있는지 알 수 있어. 너희완 다르게 말이야."

서걱―

"그리고 안 보이면 또 어때?"

서걱―

"나에게 여기 있는 놈들은 다 적인데."

"으아아아아악!"

겁에 질린 용병 한 명이 소리가 들린 방향을 향해 무작정 검을 휘둘렀다.

푹—

용병의 눈먼 검은 루슬릭이 아닌, 같은 방향에 있던 동료 용병의 허리에 박혔다. 동료 용병의 비명 소리가 터져 나왔다.

그것이 시작이었다.

"어디야!"

"오지 마, 오지 마!"

"죽어어어어어어!"

"자, 잠깐. 진정, 진정해. 으아아아악!"

너무나도 급작스러운 혼란.

용병들은 패닉에 빠졌다. 누군가는 자신을 보호하려 주위를 향해 마구잡이로 검을 휘둘렀고, 누군가는 진영을 이탈해 도망가기도 했다.

"그만! 다들 멈춰라! 흥분하지 말고 한곳으로 모여!"

고든이 목이 찢어져라 소리쳤다.

하지만 효과는 없었다. 패닉에 빠진 용병들은 쉽게 진정되지 않았다. 한 번 몰아친 공포는 말 한마디로 사라지지 않을 만큼 커져 버렸다.

"적은 한 명이다!"

"보이지 않는 건 적도 똑같아! 적의 허세에 놀아나지 마라!"

고든과 헨리스는 포기하지 않고 필사적으로 소리쳤다.

두 사람은 각각 용병단에서, 그리고 기사단에서 신임받는 집단의 장이었다. 두 사람의 외침이 귀에 들리기 시작하자 용병들과 기사들은 하나둘씩 공포를 이겨내고 이성을 찾을 수 있었다.

이윽고 마구잡이로 검을 휘두르던 용병들이 행동을 멈췄다. 대열을 이탈하는 사람도 더는 없었다.

상황이 조금 진정되자 고든은 안도의 한숨을 내쉬었다.

"모두 검을 집어넣어라. 흥분을 가라앉히고, 한곳으로 뭉쳐. 눈이 어둠에 익숙해진 만큼 가까이 있는 상대라면 적인지 아군인지 구분할 수 있다."

침착한 고든의 판단에 용병들과 기사들이 약속이라도 한 듯 그의 주위로 몰려들었다.

알 수 없는 상대에 대한 공포 가운데서 차분하게 지휘를 내리는 고든은 그들이 의지할 수 있는 대상이 되었다.

하나둘 자신의 주위로 모이는 용병을 보며 고든은 한결 마음을 놓았다.

'좋아. 이제 녀석을 잡으면 된다.'

이윽고 남아 있는 용병들이 모두 모였다.

그때였다.

"생각하는 꼴 하고는."

쿵—

용병들 틈, 한가운데서 들린 목소리.

"반갑다, 등신들아."

"이, 이 목소리는……."

용병들 틈 가운데.

루슬릭이 씩 웃으며 의도적으로 검을 뽑는 소리를 냈다.

스릉—

"으아아아아악!"

피바람의 시작이었다.

*   *   *

시간이 지나자, 서서히 아침 햇살이 떠올랐다. 막스와 자르는 대기하라는 루슬릭의 명령대로 용병들, 기사들과 함께 자리를 지켰다.

용병들과 기사들은 그야말로 뜬 눈으로 밤을 지새웠다. 언제, 어디서 적의 공격이 들이닥칠지 모르는 상황에서 제대로 잠을 이룰 수 있을 리가 없었다.

아침 해가 떠올랐다고는 하나 주위는 제대로 보이지 않았다. 여명이 떠오른 상태의 어스름에 조금씩 주위가 보이기 시작했을 뿐이다.

길고 긴 밤 동안 하츨링 백작가의 사람들은 두려움에 떨어야 했다.

멀리서 들려오던 비명 소리. 비록 아군의 것은 아니라고 해도, 한 치 앞도 보이지 않는 어둠 속에서 들려오는 비명은 그들에게 공포를 심어주기 충분했다.

'대체 밤 동안 무슨 일이 있었던 것이지?'

서서히 앞이 보이기 시작하자 막스와 자르는 둘이서 주변을 둘러보기 시작했다.

루슬릭은 한참 전에 사라지고서는 소식이 없었다. 아무래도 혼자의 몸으로 오웬 백작가의 기습병들을 상대하러 간 모양이었다.

아무리 루슬릭이 강하다지만 그는 혼자다. 막스와 자르는 소식이 끊긴 루슬릭이 이미 이 세상 사람이 아닐지도 모른다고 생각했다.

막스와 자르는 몇 분 정도 이동한 끝에 한 장소에 도착했다. 비릿한 냄새가 코끝을 자극하는 그곳에는 수많은 시체와 검붉게 굳어 있는 피들이 두 사람을 반기고 있었다.

"이, 이게 대체……."

부스럭—

나뭇잎이 스치는 소리.

막스와 자르는 검을 빼 들고 소리가 들려온 방향으로 몸을 돌렸다.

"누구냐!"

"나다, 임마."

울창한 나뭇가지를 손으로 치우며 루슬릭이 모습을 드러냈다. 막스와 자르는 안도의 한숨을 내쉬며 들고 있던 검을 아래로 내렸다.

그러면서 한편으로는 지금 자신들의 눈앞에 펼쳐진 이 지옥과도 같은 장면이 두렵기도 했다.

"이게 다… 단장이 한 겁니까?"

막스와 자르는 믿을 수 없다는 표정이었다.

얼핏 눈앞에 흐릿하게 보이는 시체들만 해도 수십 구는 되는 것 같았다. 그중에는 멋들어진 갑옷을 입은 시체도 간혹 보였는데, 모두 기사였다.

수십의 병사와 기사. 아무리 실력이 뛰어나다고 하나 혼자의 몸인 루슬릭이 만들어낸 참상이라고 하기엔 쉬이 믿기지 않았다.

"무능력한 니들 대신 잔챙이 정리 좀 했지. 어때, 고맙냐?"

"이게 다 오웬 백작가의 병사입니까?"

"병사라기보다는 용병이지. 기사도 꽤 있었고."

그때, 떠오른 아침 햇살이 나뭇가지들 틈으로 들어와 루슬릭을 비췄다.

막스와 자르는 그제야 루슬릭이 입고 있는 옷에 피가 잔뜩 묻어 있음을 확인할 수 있었다. 거의 피로 목욕을 하다시피 한 루슬릭의 모습은 산전수전 다 겪은 그들조차 소름이 돋을 정도였다.

"……많이도 죽이셨나 보군요."

"어? 이거 왜 이래? 내가 안 죽었어."

루슬릭은 자랑이라는 듯 팔짱을 끼며 거만하게 말했다.

"내가 죽였으면, 피 따위가 튀었을 리 없지."

"그럼 그 피는 다 뭡니까?"

"지들끼리 죽고 죽이면서 튄 피지. 너희도 지금까지 느꼈을 것 아니야? 어둠이 얼마나 무서운지. 만약, 그 속에 적이 있었다면 어떻게 됐을까?"

루슬릭의 예시에 막스와 자르는 지난 밤 동안의 상황을 단번에 이해할 수 있었다.

즉, 루슬릭은 혼자서 적들의 틈으로 파고들어 말 몇 마디와 칼질 몇 번으로 그들의 자멸을 이끌어낸 것이다.

과연 S급 용병이라는 생각이 들었다. 어둠에게 겁을 먹어 웅크리고 있었던 그들과는 달리, 루슬릭은 그 어둠을 역으로 이용해 적들에게 치명적인 타격을 입혔다.

"그럼… 이제 더 이상 습격은 없는 겁니까?"

"몇 놈 놓치긴 했어. 아무래도 어두운 밤중이고 사방으로 도망치다 보니까 다 잡기는 힘들더군. 그래도 걱정 마. 대부분은 죽여 놨으니까."

죽여 놓았다.

그 말은 즉, 직접 죽이기도 죽였다는 뜻이었다.

실제로 루슬릭은 긴 밤 동안 사방으로 흩어진 오웬 백작가의 잔당들을 처리하고 돌아다녔다. 용병들 중 절반 이상이 공포를 이기지 못하고 사방으로 흩어졌고, 루슬릭은 후환을 남겨둘 생각이 전혀 없었다.

물론 워낙 그 수가 많고 사방으로 흩어지다 보니 모두 다 처리할 수는 없었지만 말이다.

'대빵 놈으로 보이던 녀석 하나를 놓치긴 했지만… 뭐, 괜찮겠지.'

루슬릭은 간밤의 추격전을 떠올렸다.

용병들이 흩어지고 통제가 되지 않자 고든과 헨리스는 서로 약속이라도 한 듯 다른 방향으로 움직였다.

전혀 다른 방향으로 흩어지는 두 사람 중 루슬릭은 고민 끝에 헨리스를 추격했다. 와해된 용병단의 단장보다는 아무래도 기사들의 대표인 헨리스를 처리하는 편이 이익이라 판단했기 때문이다.

아쉬움이 남는 루슬릭과는 달리, 막스와 자르는 수백에 이르는 적을 혼자서 정리한 그의 신위에 감탄할 수밖에 없었다.

아무리 어둠을 이용한 수법이라지만 이 수법 자체가 바로 루슬릭의 능력이었다. 막스와 자르는 루슬릭이 만들어낸 이 결과가, 알고 있다고 해서 누구나가 해낼 수 있는 일이 아님을 알 수 있었다.

"⋯⋯대단하시군요."

"나야말로 일당백이지."

자기 자랑이지만, 결코 부정할 수 없었다.

당장 이 자리에 보이는 수만 해도 수십. 그것도 상당수가 기사였다.

아마 대부분의 용병은 공포를 이기지 못하고 도망갔을 것이다. 그런 이들까지 생각해 보면 도합 백은 충분히 넘을 터.

루슬릭은 진정으로 일당백을 실현해 낸 것이다.

"빨리 돌아가지."

꼬르륵─

눈치 없는 배꼽시계가 분위기를 망쳤다.

*　　　　*　　　　*

오윈 백작가의 습격 이후 용병단 내에서 루슬릭의 입지는 급격하게 변화했다.

가장 두드러지는 변화는 내심 루슬릭을 무시하고 단장으로 인정하지 않던 용병들의 태도였다.

그간 막스와 자르의 용병단원이 생각하던 루슬릭의 이미지는 단순히 '실력 좋은 나대는 용병' 정도였다. S급 용병임을 내세우며 나타나 자신들의 단장을 제치고 총 단장에 앉았으니 곱게 보일 리 없었다.

게다가 이동 중에 혼자서만 빈둥거리기까지 했으니.

하지만 그런 행동조차 압도적인 실력 앞에서는 묻어질 수밖에 없었다.

단신으로 만들어낸 참상.

밤 동안 혼자서 수많은 적 용병과 기사를 쓸어버린 루슬릭의 신위는, 좋으나 싫으나 인정할 수밖에 없는 것이었다.

하츨링 백작가의 상행은 그야말로 성공적으로 이루어졌다. 철광석을 어마어마한 양의 식량과 생필품으로 교환한 마차는 다시금 하츨링 백작가로 돌아왔다.

레바논은 영지로 돌아온 루슬릭을 마중 나왔다.

"고맙다. 덕분에 근심 하나 덜었어."

활짝 핀 얼굴로 줄지어 들어오는 마차들을 바라보는 레바논이었다. 루슬릭은 자신의 손을 잡고 위아래로 흔드는 레바논의 손을 쑥스럽다는 듯 뿌리쳤다.

"이거면 올겨울 나기는 걱정 없는 건가?"

"몇 번 상행을 더 해야겠지만 적어도 굶어 죽지는 않겠지. 그래, 오는 동안 별다른 일은 없었느냐?"

루슬릭의 옷은 말끔했다. 피로 목욕한 옷은 이미 상행 중에 들른 군소 영지에서 갈아입은 후였다.

피해도 전혀 없어 보였기에 레바논은 다행히 오웬 백작가에서의 습격이 없었나 보구나 생각했다.

"재밌는 일은 하나 있었지."

"⋯⋯?"

루슬릭은 상행 중에 숲 속에서 습격을 받았던 일들에 대해 이야기했다.

다행히 사상자는 얼마 없었지만, 화살에 맞아 중상을 입은 용병들이 조금 되었다. 기사들의 경우에는 단단한 갑옷이 몸을 보호해 준 덕에 피해가 전무했다.

습격에 대해 전해 들은 레바논의 표정이 심각해졌다. 오웬 백작이 싸움을 걸어온 게 벌써 수차례였다.

"뭘 그리 고민해?"

레바논의 표정에서 근심을 읽은 루슬릭이 비웃듯 말했다.

"쫄 거 있어?"

"⋯⋯쉽게 이야기할 게 아니다."

레바논은 평화적인 성격이었다.

그동안 그 어떤 부정부패도 없이 영지를 다스렸고, 이웃 영지와 갈등이 생길 만한 일은 최대한 피해갔다. 그렇다고 능력이 없는 것도 아니라 그런 그의 성격은 하나의 영지를 다스리기에 전혀 문제가 없었다.

레바논은 최대한 평화적인 방법으로 오웬 백작가와의 갈등을 해결하고 싶었다. 자잘한 싸움이야 어쩔 수 없다지만 전면전만큼은 피하고 싶은 게 그의 솔직한 심정이었다.

하지만 인생의 반 이상을 용병으로 살아온 루슬릭은 그런 레바논과 전혀 달랐다.

"쉽게 하는 말? 아니야. 내가 아무리 사람 목숨을 가볍게 여겨도 수백, 수천 명이 죽는 전쟁을 하루 삼시 세끼 챙겨먹듯 가볍게 이야기하지는 않아. 지난 이십 년간 수많은 전쟁터에서 칼밥을 얻어먹으며 봐온 게 하나 있지. 걸어오는 싸움을 피하는 등신은 반드시 좆된다는 거."

이십 년간 용병으로 살아온 루슬릭의 말이었다. 그는 용병들 중 최고 일류라고 할 수 있는 S급 용병이었고, 그의 경험이 우러나온 말은 결코 흘려들을 수 없었다.

레바논 역시 알고 있었다.

피하는 게 능사가 아님을. 오웬 백작은 결코 하즐링 백작가를 포기할 생각이 없었다.

그럼에도 계속해서 버텨온 것은 명분 때문이었다. 오웬 백작가는 지금까지 자잘한 싸움을 걸며 하츨링 백작가를 도발해 왔다. 먼저 영지전을 시작할 명분이 없으니, 자기들 쪽에서 명분을 제공하겠다는 뜻이었다.

즉, 이길 자신이 있으니 싸움을 걸어 보라는 뜻.

그들의 도발에 걸려들어서는 안 된다. 참는 게 영지를 위한 일이다.

레바논은 지금껏 그렇게 생각해 왔다.

루슬릭의 말을 듣기 전까지는 말이다.

"싸움은 말이야, 선빵 때린 놈이 이기는 거거든."

레바논의 결심이 선 순간이었다.

*　　*　　*

오웬 백작가는 오랜 전통을 가진 가문이었다.

제라스 왕국이 건립되고 벌써 100년이 넘는 역사를 지닌 오웬 백작가는 수도 정계로의 진출과 후작가로의 도약이라는 하나의 염원을 품었다.

그리고 그 염원을 이루기 위한 제물이 바로 하츨링 백작가였다. 하츨링 백작가를 차지한다면 제라스 왕국 동부지방의 지배자가 되었다고 할 수 있었으니 말이다.

수도 정계에서도 꽤나 알아주는 인사가 될 것이고, 후작가로의 도약 역시 충분히 꿈꿔볼 만했다.

그리고 그런 오웬 백작의 계획은 순조롭게 이루어지는 듯했다.

바로 오늘 전까지만 해도 말이다.

"······전멸이라고?"

흰머리가 희끗거리기 시작하는 노년의 남자.

그는 벌써 삼십 년이 넘게 오웬 백작가의 영주로서 살아온 인물이었다.

후작이 되는 자신을 꿈꾸며 하루하루를 살아가고 있던 그는 수백 명을 데리고 가 혼자 돌아온 고든의 귀환에 울화통을 터뜨릴 수밖에 없었다.

"대체 그게 무슨 헛소리냐!"

손에 쥐고 있던 고급스러운 와인 잔을 집어 던지며 오웬 백작이 소리쳤다.

고든은 면목 없다는 듯 차마 얼굴을 똑바로 들지 못했다.

"죄송합니다."

"자세히 설명해 보거라. 똑바로 말하지 않으면 네놈의 목이 무사하지 못할 테니!"

끝끝내 노기를 참지 못한 오웬 백작은 해서는 안 될 말까지 하고 말았다.

고든과 오웬 백작, 즉 용병과 귀족의 관계는 고용주와 피고용인의 관계이지 주종 관계가 아니었다. 또한 오웬 백작이 죽이고자 한다고 마음대로 죽일 수 있을 만큼 고든이 가지고 있는 위치 역시 낮은 것도 아니었다.

지은 죄가 있기에 반박하지 않을 뿐이지 오웬 백작이 고든을 대하는 태도는 충분히 문제 삼을 만한 것이었다.

"정보에 없던 녀석이 있었습니다."

고든은 백부장 출신의 용병답게 싸움에 있어서 정보의 중요성을 익히 알고 있었다.

그는 이미 사전에 오웬 백작에게서 하즐링 백작가의 전력에 대해 전달받고 그에 대한 충분한 분석을 끝낸 상태였다. 그리고 그 정보 안에는 당연히 막스 용병단과 자르 용병단에 대해 들어 있었다.

A급 용병단이 두 개. 하지만 고든은 자신이 세운 작전이라면 충분히 이길 수 있으리라 생각했다. 막스와 자르는 실력은 뛰어나지만 병법에 관해서는 거의 무지하다시피 한 이들이었다.

"정보에 없었다? 그게 무슨 소리냐?"

"잘 모르겠습니다. 말투나 행동으로 봐서는 용병이 분명합니다. 하지만 분명, 막스와 자르는 아닙니다."

막스와 자르가 아무리 A급 용병이라지만 그 정도로 실력이

뛰어나지는 않다. 두 사람은 인근 용병 조합에서도 사이가 좋
지 않기로 유명했는데, 막스 역시 두 사람을 만난 적이 종종
있었다.

"대체 무슨… 지금, 단 한 명 때문에 일이 이 지경이 됐다고
말하는 게냐?"

"네. 완전히 당했습니다. 너무 완벽히 당해서 변명할 것도
없습니다. 그는… 완전히 저희를 가지고 놀았습니다."

담담한 고든의 말에 오웬 백작은 오히려 어이없다는 듯 웃
었다.

단 한 명이라고?

오웬 백작은 일당백이라는 말을 믿지 않았다. 뛰어난 기사
는 홀로 열의 병사를 상대할 수 있다고들 하지만 그건 정도를
벗어나지 않은 상식 내였다.

하지만 이백의 용병, 게다가 기사 이십이 끼어 있었다.

그 많은 병력이 단 한 명에게 농락당했단 말인가?

"유능하다고 해서 고용했건만… 이제 보니 이만큼 무능하
고 형편없는 녀석도 없군."

말과는 달리 오웬 백작은 차마 고든을 죽이지 못하고 이만
바득 갈았다.

홧김에 이 자리에서 고든을 죽였다간 용병 조합에서 가만
히 있지 않을 것이다. 용병들의 위상이 높아진 지금, 아무리

귀족이라도 용병의 목숨을 파리처럼 여길 수는 없었다.

"쉽게 넘어갈 일이 아닙니다. 그는, 분명 S급 용병일 겁니다."

"……짜증나니 더 이상 말하지 마라. 진짜로 죽여 버릴지도 모르니까."

오웬 백작은 이를 드러내며 고든에게 축객령을 내렸다. 자신의 말을 귀담아 듣지 않는 오웬 백작의 반응에 고든은 결국 물러설 수밖에 없었다.

터벅터벅 집무실을 나서는 고든의 뒷모습을 보며 오웬 백작이 혀를 끌끌 찼다.

"한심한 녀석."

용병 조합에서 고든의 평은 무척 좋았다. 이끄는 용병단의 실력도 썩 괜찮은 편이고, 특히 영지전과 같은 다툼에서 고든 용병단의 실적은 최고였다.

한데 이런 결과가 나왔다. 비싼 돈을 주고 고용한 만큼 손해가 막심했다.

고든 용병단이 와해되어 버린 지금, 오웬 백작은 용병 조합에서 새로운 용병단과 계약을 맺어야 했다.

고민이 시작되자, 자꾸만 고든이 남기고 간 말이 목구멍에서 걸렸다.

"S급 용병이라……."

"확실히 흘려들으실 말은 아닌 것 같습니다."

오웬 백작의 옆에서 총관이 자신의 의견을 말했다.

고든은 지난 몇 년간 오웬 백작가와 꾸준한 계약을 유지해온 용병으로, 그간 자신의 능력을 충분히 입증한 인물이었다.

오웬 백작도 기사들을 잃은 화를 이기지 못한 것뿐이지 고든의 능력만큼은 인정하고 있었다.

그런 그가 이번 임무에 크나큰 실수를 하고 돌아왔다. 아니, 단순하게 실수라고 치부할 수 없었다. 고든의 말대로라면 그는 단 한 명의 용병에 의해 당했다.

"용병단이 와해됐으니 그와의 계약은 끝이 날 수밖에 없지만, 사실상 그보다 뛰어난 용병을 구하기란 힘든 게 사실입니다."

총관은 고든의 능력을 무척 높게 보고 있었다. 오웬 백작 역시 그런 총관의 의견에 이견을 달지 않았다. 그의 말대로 고든은 이번 임무를 제외하고는 항상 모든 일을 잘해주었다.

"어쩔 수 없나?"

고민은 그리 길지 않았다.

"우리도 S급 용병을 고용할 수밖에."

＊　　　＊　　　＊

루슬릭의 설득에 레바논은 마음을 굳혔다.

돌아서 생각할 것 없었다. 생각해 보면 어찌 되든 언젠가 벌어질 싸움이다.

그렇다면 피하지 않는 게 정답이었다.

하츨링 백작가에 대대적으로 비상이 떨어졌다. 오웬 백작가와의 전면전이 선언된 것이다. 오래전부터 예상하고 있던 바였는지 동요하는 병사들은 그리 많지 않았다.

기사들의 수련과 병사들의 훈련 강도가 더욱 높아졌다. 영지전을 대비한 전술이 세밀하게 짜여졌고, 그 전술에 맞는 훈련이 이루어졌다.

용병들도 마찬가지였다. 돈에 고용된 몸이지만 그들 역시 병사 못지않게 훈련에 박차를 가했다.

돈은 돈이고 목숨은 목숨이다. 한 번이라도 더 검을 휘두르는 것이 생존율을 높이는 것임을 용병들은 그간의 경험을 통해 알고 있었다.

그렇게 너 나 할 것 없이 바쁜 하루하루를 보냈다.

"하아~암."

루슬릭만 빼고 말이다.

"도련님, 여기서 뭐하십니까?"

라프르가 다가와 물었다. 언제나처럼 인자한 미소를 지으며 다가온 그를 향해 루슬릭은 하품으로 대답했다.

"보다시피 자다 일어났지."

"여긴 자는 곳이 아닙니다."

지금 루슬릭이 누워 있는 곳은 영주성 복도의 창문 난간이었다. 라프르는 한숨을 푹 쉬며 물었다.

"왜 멀쩡한 방을 놔두고 이런 데서 주무시고 계십니까? 보는 눈도 많은데 말입니다."

"경치가 끝내주잖아?"

루슬릭은 졸린 눈을 비비며 창밖으로 보이는 경치를 구경했다.

그의 말대로 지금 루슬릭이 누워 있는 곳은 영주성 전체를 통틀어 경치가 가장 좋은 곳이었다. 게다가 햇살도 따사롭게 비춰, 낮잠 자기에 손색이 없긴 했다.

하지만 보는 눈들이 문제였다.

아무래도 영주성 복도 한가운데이다 보니 하인들이 자주 오갔다. 물론 루슬릭이 하인들 눈치나 볼 필요는 없지만…….

"체통이라는 게 있지 않습니까?"

"체통? 누구한테?"

"도련님에게요."

"나?"

라프르의 대답에 루슬릭이 되물었다. 망설임 없이 고개를 끄덕이는 라프르의 모습에 곧 루슬릭이 웃었다.

"그 농담 진짜 웃기다."

"하아."

한숨을 푹 내쉰 라프르는 결국 고개를 저었다.

하긴, 어쩌면 지난 이십 년간 용병으로 살아온 루슬릭에게 귀족으로서의 모습을 기대하기란 힘들 수도 있었다. 용병이란 늘 자유분방하고 거칠 게 없는 존재. 게다가 그런 용병들 중에서도 높은 자리에 있던 루슬릭은 특히나 남의 눈치를 볼 필요가 없었다.

"다들 얼마 후에 있을 전쟁에 대비해 훈련에 한창인데 도련님은 너무 한가하신 것 아닙니까?"

"뭐, 실력이 안 되면 열심히 하기라도 해야지."

"도련님은 이러고 계셔도 됩니까?"

"내가 설마 저런 송사리들한테 죽기야 하겠어?"

늘어진 상태로 어깨를 으쓱이며 루슬릭이 씩 웃었다. 그 모습이 자신감에서 비롯된 것임을 알고, 또 그럴 만한 실력이 있음을 알기에 라프르는 달리 반박하지 않았다.

하지만 그렇다 해도 루슬릭이 이렇게 놀고만 있는 꼴은 못 보겠는 라프르였다.

"그럼 용병들 훈련이나 좀 도와주십시오. S급 용병이시니 가르쳐 줄 것도 많지 않으시겠습니까?"

"내가 왜?"

"그들의 총 단장이지 않으십니까. 한 집단의 장이라면 그에 따른 책임은 당연한 것입니다."

"……뭐, 틀린 말은 아니네."

라프르의 설득에 양손으로 머리를 받치고 누워 있던 루슬릭이 느릿느릿 상체를 일으켰다.

의외로 고분고분 일어나는 루슬릭의 모습에 라프르가 의아한 표정을 지었다. 혼자서만 빈둥거리는 모습이 괘씸해서 해본 말이었는데, 라프르 자신도 먹힐 줄은 몰랐다.

"왜 그런 표정으로 봐?"

"아니, 아닙니다."

"여기 다시 누우라고?"

"허허, 설마요."

루슬릭이 다시 드러누울 것 같자 라프르가 재빨리 말을 돌렸다.

루슬릭은 난간에서 내려오며 라프르의 의문에 대한 해답을 내놓았다.

"아무리 모자라도 내 사람들이면, 적어도 개죽음은 안 당하게 해줘야지."

*　　　*　　　*

용병들의 수련이 한창인 장소는 영주성 지하에 위치한 조그마한 지하 연무장이었다.

본래 그곳은 영주의 개인 연무장이었다. 하지만 레바논은 검술에는 크게 관심이 없을뿐더러 지하 연무장은 개인 연무장이라기에는 지나치게 넓었다.

결국 그곳은 용병들이 사용하는 연무장이 되어버렸다. 그 대신 야외 연무장은 기사들과 병사들의 훈련장으로 이용되었다.

수련에 한창인 용병들, 특히 막스와 자르는 루슬릭의 방문에 깜짝 놀랐다. 지금껏 단 한 번도 지하 연무장에 얼굴을 비추지 않았던 루슬릭이었다.

"어쩐 일이십니까?"

막스와 자르는 잠시 대련을 멈추고 루슬릭에게 다가갔다. 두 사람의 몸은 땀으로 흠뻑 젖어 있었는데, 아무래도 연무장에 꽤나 오랫동안 있었던 듯했다.

"니들 잘하나 보러 왔다."

주위를 슥 둘러본 루슬릭이 평가를 내렸다.

"열심히들은 하고 있군."

"감사합니다."

"열심히 삽질 중이야. 니들, 땅 파서 밥 벌어 먹냐?"

미간을 가늘게 좁히며 루슬릭이 혀를 찼다.

"헛수고들 그만하고 모여. 그딴 식으로 해서 지금까지 살아 있는 게 용하다."

"……알겠습니다."

막스와 자르는 군말 없이 루슬릭이 시키는 대로 따랐다. 기분 나쁠 수도 있지만, 루슬릭의 말을 따라서 나쁠 것은 없었다.

막스와 자르가 연무장에 있던 용병들을 한군데로 몰았다.

"다 모였나?"

"중상자들은 아직 쉬고 있습니다."

"걔들은 됐고. 아픈 놈들은 쉬라고 해. 그보다 니들, 전쟁이라는 걸 해본 적이나 있어?"

루슬릭은 용병들 전체를 돌아보며 물었다.

조용한 연무장에서 루슬릭의 말을 듣지 못한 이는 없었다. 이백 명의 용병 중 고개를 끄덕이는 사람은 극히 드물었다.

"아주 예전, B급 용병일 때 전쟁 용병으로 고용된 적이 있었습니다."

자르가 대답했다.

막스는 아직까지 전쟁 경험이 달리 없었는지 부끄럽다는 듯 고개를 숙였다. 그뿐만이 아니라 대부분의 용병이 그랬다. 자르를 포함해 전쟁을 경험해 본 용병은 몇 명 되지 않았다.

"세상이 참 평화롭긴 평화롭나 봐. 용병이 전쟁을 모른다니, 이것 참……."

한심하다는 눈으로 용병들을 돌아보며 루슬릭이 혀를 찼다.

하긴, 이십 년 전 전쟁이 끝이 난 이후로 대륙은 지나치게 평화로워졌다. 아직까지 대륙의 북부는 전쟁이 끝나지 않았지만 정반대인 남부에 위치한 제라스 왕국은 이렇다 할 일이 전혀 없었다.

"아무래도 제라스 왕국, 그것도 이곳 동부에서는 전쟁은커녕 작은 분쟁조차 없었으니까요."

그나마 다른 용병들에 비해 전쟁 경험이 있는 자르였다.

그는 그나마 조금 분쟁이 있었던 북부 지방에서 건너온 용병이었다. 다른 용병 중에서도 전쟁 경험이 있는 이는 자르와 함께 동부로 건너온 자들이 전부였다.

"그나저나 무슨 소립니까? 저희가 삽질을 하고 있었다니."

"열심히 땅들 파고 계셨지. 니들, 전쟁이랑 싸움이랑 다른 점이 뭔지 알아?"

"글쎄요… 잘 모르겠습니다."

전쟁과 싸움의 차이.

그 둘은 확실히 다르긴 하다. 하지만 그 차이를 말하라고 한다면 대답하기가 어려웠다.

굳이 대답하자면 개인과 개인의 싸움인 것과 집단과 집단의 싸움이라는 것 정도?

"문제 하나 내지. 강한 놈이 살아남는 걸까, 살아남는 놈이 강한 걸까?"

루슬릭의 질문에 막스와 자르는 눈을 동그랗게 떴다.

싸움과 전쟁의 차이.

그것은 바로 살아남는 것이었다.

"전쟁에서의 강함은 곧 생존. 이겁니까?"

"넌 그래도 조금 말귀가 빠르군."

"총 단장은 아무래도 전쟁을 많이 겪어 보셨나 봅니다."

"뭐, 겪을 만큼 겪었지."

용병들은 일감은 크게 세 가지로 분류되었다.

전쟁터를 전전하며 큰돈을 벌어들이는 전쟁 의뢰와 몬스터 토벌과 같은 토벌 의뢰, 그리고 안전한 상행을 위한 호위 의뢰.

그 밖에도 여러 종류의 의뢰가 있다지만 대부분 용병들의 일거리는 이 세 가지 범주에 속해 있었다.

그리고 그중 가장 돈벌이가 큰 일이 바로 전쟁이다. 가장 위험도가 높기 때문이었다. 때문에 용병들 중에서는 위험한 것을 알면서도 전쟁 의뢰만을 받는 전쟁 용병들도 더러 있었다.

자르는 어쩌면 루슬릭이 전쟁 용병이었을지도 모른다고

생각했다.

얼마 전에 보여준 어둠 속에서의 전투나 전쟁에 대한 이야기를 서슴없이 하는 것을 보면 거의 확신이 들었다.

"이상하군요. 제가 알기로 제라스 왕국은 근 이십 년간 평화로웠고, 전쟁 용병이란 없습니다. 단장님, 단장님은 대체 어디서 오신 겁니까?"

자르는 루슬릭에 대해 알고 싶었다.

각 용병 조합에는 흔치는 않지만 A급 용병이 더러 있었다. 하지만 S급 용병의 존재는 용병 조합에서도 특수하게 관리할 만큼 그 수가 극히 드물었다.

실제로 막스와 자르가 속해 있는 용병 조합에는 S급 용병이 단 한 명밖에 없었다.

하지만 루슬릭은 동부 용병 조합의 S급 용병은 아니었다. 아니, 제라스 왕국 어디에도 S급의 전쟁 용병이란 존재하지 않는다.

그렇다면 하슬링 백작가가 타국의 S급 전쟁 용병을 고용했다는 말인가?

아무리 백작가라지만 하슬링 백작가에 그 정도 재정과 능력이 있을 것이라고는 생각되지 않았다.

"뭐가 궁금한 거지?"

"주제넘게 드리는 말씀이지만 이 용병 바닥이라는 게 그리

넓지만은 않습니다. 용병들이 아무리 많다고 해도 결국 실력 있는 용병은 튀게 마련이고, 어떤 식으로든 소문이 나게 마련 이니까요. 실제로 저만 해도 어지간한 제라스 왕국의 A급 용 병들에 대해서는 알고 있습니다."

"그래서?"

"적어도 제가 아는 범위 내에서, 그것도 S급 용병 정도 되 는 인물에서 단장님과 같은 사람이 있다는 이야기는 들어본 적이 없습니다."

자르의 말에 막스는 물론이고 장내에 모인 용병들의 시선 이 루슬릭에게로 고정되었다.

그동안 루슬릭에 대해 알려진 사실은 그가 S급 용병이라는 것 정도가 전부였다. 하지만 자르의 말처럼 S급 용병 정도 되 는 인물이라면 어떤 식으로든 소문이 나 있을 것이었다.

하지만 루슬릭은 지나치다 싶을 만큼 알려진 게 없었다. 일 단 제라스 왕국 동부 용병 조합 출신은 절대 아니었고, 그나 마도 제라스 왕국 출신의 용병이라고 생각하기조차 힘들었 다.

"내가 활동하던 곳은 용병왕국이다."

"용병… 왕국?"

루슬릭은 생각보다 쉽게 대답해 주었다.

아무렇지 않은 듯, 담담한 대답이었지만 그에 대한 파장은 작지 않았다.

"정말입니까?"

"내가 니들한테 거짓말한다고 하늘에서 고기가 떨어지냐, 돈이 떨어지냐?"

"설마 하긴 했지만 용병왕국이라니……."

용병왕국이란 말 그대로 용병들의 나라다.

사십 년 전 등장한 용병왕이 설립한 국가로, 총 인구가 채 이십만도 되지 않는 아주 작은 나라였다.

땅 역시 어지간한 대영지 수준 정도로 아주 작았다. 아주 먼 옛날에나 존재했다는 '도시 국가'와 같은 개념의 나라인 것이다.

하지만 그 작은 땅과 적은 인구로 '왕국'을 자처하는 데에는 다 이유가 있었다.

용병왕국의 힘은 거대하다. 그곳에 사는 사람은 어린아이와 여자를 제외하고는 모두가 뛰어난 용병으로 구성되어 있었다.

성인 남자라면 누구나가 용병인 나라. 즉, 군사력만으로 본다면 어지간한 왕국보다 나은 곳이다.

용병왕국은 용병들의 꿈과 같은 곳이었다. 꿈 있는 용병들은 누구나가 용병왕국으로 향해 그곳의 용병이 되기를 소망했다.

용병왕국에서 C급 용병은 어지간한 B급 용병 못지않다는 이야기가 들릴 정도인데, 그렇다면 그런 곳에서 S급 용병으로 활동해 온 루슬릭의 실력은 대체 어느 정도란 말인가?

막스와 자르는 루슬릭이 자신이 생각하던 것 이상으로 더 대단한 인물일지 모른다고 생각했다.

"하긴… 그곳이라면 저희가 듣지 못했을 수도 있겠군요."

용병왕국에 존재하는 용병은 무수히 많다.

A급 용병은 발에 치일 정도이고 그 희귀하다는 S급 용병도 어렵지 않게 볼 수 있는 곳이다.

그런 곳에서 활동했다면 그들이 루슬릭에 대한 소문을 듣지 못한 것도 어찌 보면 당연했다.

"혹시 용병왕을 직접 보신 적 있습니까? 용병왕의 직속 용병단이라는 로열 페이트 용병단의 단장들은요? 그리고 또, 용병왕국에 계셨다면……."

"아냐, 더럽게!"

빡—!

"아악, 내 눈!"

루슬릭은 얼굴을 바짝 들이밀며 침을 튀기는 막스의 얼굴에 반사적으로 주먹을 날렸다. 막스는 부풀어 오르는 눈두덩이를 잡고는 바닥을 뒹굴었다.

"용병왕이고 뭐고 그놈들도 우리랑 똑같은 사람이야. 다

늙어가는 노인네 존경할 시간에 니들 목숨이나 걱정해, 등신들아. 삽질 그만하고."

"끙… 그나저나 대체 단장이 말하는 그 삽질이 뭡니까? 저흰 그래도 나름대로 열심히 하고 있었는데요."

"니들이 하는 짓? 장기적으로 보면 나쁘지 않지. 사실 말만 번지르르하지, 강한 놈이 살아남는 게 정론이니까. 하지만 전쟁은 개인과 개인의 싸움이 아닌, 집단과 집단의 싸움이야. 게다가 당장 내일이라도 전쟁이 터질지 모르는 우리 같은 경우엔 한시가 급하단 말이야. 잘 봐."

스윽―

루슬릭이 검을 뽑아 연무장 바닥에 하나의 큰 그림을 그리기 시작했다.

"이 진은 '팔크스'라고 한다. 2.5미터 이상의 긴 창과 방패를 들고, 밀집된 형태로 전진하는 구성이다. 주로 적의 공격에 방어할 때 사용되는 진이지만 대열이 흐트러지면 문제가 생기지. 그때를 대비해 후방에서는……."

다시금 바닥에 그림을 그리는 루슬릭.

막스와 자르는 무엇인가에 빨려들듯이 루슬릭의 설명을 경청했다.

대단하다 싶을 정도로 집단 전술에 있어서 루슬릭의 지식은 해박했다. 빈틈없는 전술과 공격과 방어를 겸비한 체제는 생존율을 비약적으로 높여주고 있었다.

창과 방패, 검과 활, 투척 도끼 등, 무수히 많은 무기를 사용하는 전술.

이 전술은 사실상 일반 병사나 기사가 사용하기란 불가능했다. 현 시대에서 병사들과 기사들이 사용하는 무기는 '검' 하나로 통일되어 있는 반면, 용병들이 사용하는 무기는 검이나 창, 활, 도끼 등 무척 다양하기 때문이었다.

루슬릭이 이런 집단 전술을 말할 수 있는 이유도 여기에 있었다.

오로지 용병들만이 사용할 수 있는 전술.

그리고 그 효율은 이루 말할 수 없을 것이다.

"지금부터 이 전술에 맞춰 훈련한다."

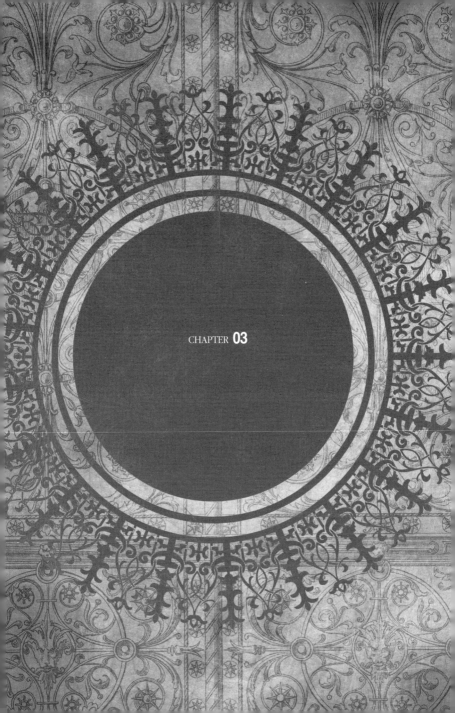

CHAPTER **03**

"용병을 고용하러 왔소."

오웬 백작가의 가솔이자 총관이기도 한 미턴 자작은 직접 용병을 고용하기 위해 동부 용병 조합에 방문했다.

멋들어진 제복을 입은 귀족의 등장에 여기저기 흩어져 있던 용병들이 모여들었다.

귀족이 직접 등장할 때는 보통 큰 일거리를 의뢰하는 경우가 대부분이었다. 돈 냄새를 맡은 용병들은 하나같이 미턴 자작의 말에 귀를 기울였다.

"어떤 일로 오셨소?"

용병들 사이를 헤치며 덥수룩한 수염의 중년 용병이 앞으로 나섰다.

　표정이 없다시피 한 인상의 중년 용병은 A급 용병 콴이었다. 그는 실력만으로 보면 B급 용병 수준도 못 되었으나, 동부 조합의 용병들을 관리하고 의뢰를 수령하는 중책을 맡고 있었다.

　비상한 머리와 행정 능력으로 A급 용병이 된 경우였다. 일반적인 용병과는 달리 용병 조합에 고용된 용병 조합 '직속' 용병인 것이다.

　"얼마 후에 영지전이 있소."

　미턴 자작은 한낱 용병이라지만 콴에게 반 공대를 하고 있었다.

　콴의 존재는 귀족들 사이에서도 유명했다. 용병들과 떼려야 뗄 수 없는 관계인 귀족들인 만큼, 용병들을 고용할 때는 반드시 콴을 거칠 수밖에 없었다.

　동부 용병 조합의 실세. 콴과 마찰이 생겨 좋을 것 하나 없는 것이다.

　"오웬 백작가에서 오셨구면."

　"어떻게 알았소?"

　"얼마 전에 고든이 다녀갔지. 용병단을 통째로 잃었다며 징징대는데 안쓰럽기까지 하더군. 끌끌."

"고든 녀석보다 더 유능한 녀석이 필요하오."

"고든보다 유능한 용병이라? 그것참 어려운 문제를 내시는 군."

까끌까끌한 수염을 쓰다듬으며 콴이 적당한 용병을 떠올 렸다.

하지만 아무리 고심해 봐도 고든보다 유능한 용병은 마땅 히 생각나지 않았다. 물론 그보다 실적이 좋은 용병은 몇 있 었지만 고든은 동부 조합에서 영지전과 같은 분쟁에 특화되 어 있는 유일한 용병이었다.

"S급 용병이 있지 않소?"

"……발터스를 말하는 것이오?"

S급 용병 발터스.

그는 제라스 왕국 동부 조합에서 모르는 이가 없을 만큼 유 명한 인물이었다.

제라스 왕국에 열 명밖에 없는 S급 용병 중 한 명이라는 점 을 제외하고도 그의 실적은 어마어마했다. 어지간한 영지전 은 그의 개입 하나만으로도 정리가 될 정도였고, 그의 용병단 에는 A급 용병만 무려 두 명이 소속되어 있었다.

동부 조합에 S급 용병이 한 명밖에 되지 않는 이유도 또 다 른 S급 용병들을 그가 모조리 죽여 버렸기 때문이었다.

아무리 동부 조합의 실세라고 할 수 있는 콴이라지만 발터스는 상대하기 껄끄러운 상대였다.

"아무래도 부를 상대를 잘못 찾은 것 같소만."

"아니, 제대로 찾아왔네. 오웬 백작가는 S급 용병 발터스와 그 휘하 용병단과 계약을 하고 싶네."

"발터스 용병단이 몇 명으로 구성된 용병단인지 아는 게 요? 총 200명으로 이루어진, A급 용병 둘이 속해 있는 용병단 이오."

"지금 감히 오웬 백작가를 거지 취급하는 것이오?"

미턴 자작은 품에서 가지고 온 주머니를 꺼냈다.

주머니 속에는 멋들어지게 세공된 큼지막한 보석이 들어 있었다.

콴은 귀족들과 용병들의 몸값을 거래하는 일을 해왔다. 귀족들의 경우, 보석을 돈 대신 들고 오는 경우도 종종 있었다.

그리고 그런 콴에게 미턴 자작이 가지고 온 보석은 무척 낯이 익었다.

"으음. 라일라의 눈물이라……."

"이 정도면 되지 않겠나?"

라일라의 눈물.

그것은 지금은 모습을 감추고 사라지고 없는 드워프들이 남긴 최고의 보석 중 하나였다.

최고의 보석에게만 붙여지는 '눈물'의 이름을 받았다는

것 자체만으로도 그 값어치가 감히 측정하기 어려운 물건이
었다.

콴은 보석을 손에 쥐며 중얼거렸군.

"……오랜만에 엉덩이 무거운 발터스 녀석이 움직이겠
군."

계약은 성사되었다.

*　　　*　　　*

"허억! 허억!"

"사, 살려줘……."

하츨링 백작가의 용병들이 사용하고 있는 지하 연무장.

그곳에는 다 죽어가는 용병들의 거친 숨소리가 찢어질 듯
울려 퍼지고 있었다.

"이건 너무하는 것 아닙니까?"

"전쟁터에서 뒤지시겠다고?"

"……아닙니다."

되돌아온 루슬릭의 답변에 막스는 본전도 못 찾고 입을 다
물었다.

하지만 아무리 그래도 이건 너무하지 않나 싶었다.

창과 방패를 들고 전력으로 서로에게 부딪히는 용병들. 고

든 용병단과 자르 용병단은 서로가 서로에게 부딪히는 이 무식하기 짝이 없는 훈련을 벌써 며칠째 반복하고 있었다.

지금은 쉬고 있지만 막스와 자르 역시 루슬릭이 시킨 훈련을 반복하느라 죽을 노릇이었다. 처음 하루는 이대로 죽는구나 싶을 정도로 눈앞이 노랗게 변했었다.

힘이 다 빠져 바닥에 엎어져 있는 막스와 자르를 향해 루슬릭이 물었다.

"전쟁터에서 살아남기 위해 가장 필요한 게 뭔지 아냐?"

"힘 아닙니까?"

"체력이라는 겁니까?"

막스와 자르는 서로 다른 대답을 내놓았다.

그럴 때마다 두 사람의 반응은 늘 같았다.

"멍청한 새꺄, 넌 빌빌거리는 놈이 전쟁터에 살아남는 것 봤냐?"

"전쟁을 겪어보지도 않았으면서 잘도 말하는군. '생존'이란 얼마나 죽이느냐가 아니라 얼마나 오래 버티느냐다."

바닥에 엎어진 채로도 서로 눈을 부라리며 으르렁거리는 두 사람. 그들 중 루슬릭은 막스의 머리를 쥐어박았다.

퍽—

"으억!"

"니가 틀렸어."

"왜, 왜입니까?"

"방금 이 녀석이 말했잖아? 생존은 얼마나 죽이느냐가 아니라 얼마나 오래 버티느냐라고."

간단하지만 절대적인 법칙.

살아남는 게 바로 생존이었다.

"적당히 칼밥 먹고 사람 죽여본 놈들이 하는 착각이지. 강함의 요소는 '힘' 하나가 아니야. 그 밖에 민첩함, 체력, 반사 신경, 안력, 상황 판단 등 강함의 요소는 무수히 많지. 힘만 강하다고 모두 능사가 아니야."

"그럼… 체력이 힘보다 중요하다는 겁니까?"

"생존이라는 전제에 한해서만. 하지만 어느 게 더 위에 있다고 할 수는 없지. 한 예로, 체력이 떨어지는 절대적인 검사와 체력이 무한한 고만고만한 검사. 과연 누가 이길까?"

"체력이 떨어지는 절대적인 검사?"

"정답. 그럼, 체력이 떨어지는 절대적인 검사와 천 명의 군대는?"

"천 명의 군대……?"

막스는 루슬릭이 내는 문제의 요점을 알 수 있었다.

"체력이 무한한 고만고만한 검사는 천 명의 군대를 이길 수 있다는 겁니까?"

"눈먼 칼에 맞지만 않으면 말이지."

힘이나 체력은 상대적인 것이다. 어느 상황에서 쓰이느냐에 따라 그 효율은 천차만별이었다.

하지만 적어도 루슬릭은 전쟁에서만큼은 체력이 가장 중요한 요소라고 생각했다. 그것은 수많은 전쟁터를 돌아다니며 터득한 경험이었다.

"어렵군요."

"어렵지. 언제, 어떤 상황이 닥칠지도 모르는 거고. 하지만 보통 힘 센 놈이 체력도 있고, 몸놀림도 빠르고 그래. 니들은 딴생각 말고 내가 시킨 훈련이나 잘해라. 그럼 충분히 강해질 테니까."

루슬릭은 막스와 자르에게 각각 그들이 필요한 훈련을 알려주었다.

막스는 무식하게 보일 만큼 검을 쓰는 데 힘이 들어갔고, 자르는 기교는 넘쳤지만 기본이 부족했다. 루슬릭은 그 점을 꼬집어 조금 변형된 용병 검술을 그들에게 알려주었다.

아마 각각의 단점만 보완한다면 두 사람은 지금보다 훨씬 강해질 수 있을 것이다.

그때, 고민하던 자르가 몸을 일으켰다.

"단장님은 얼마나 강하십니까?"

"나?"

"네. 전부터 생각한 거지만 단장님이 얼마나 강하신지 감이 잡히질 않습니다."

처음 막스와 자르는 아무것도 모르는 채 루슬릭에게 덤볐다가 그대로 당했다.

그 당시 루슬릭은 무기도 들고 있지 않았다. A급 용병이자 스스로의 실력에 자신을 가지고 있던 막스와 자르에게는 크나큰 충격이었다.

그 당시에는 S급 용병은 다르구나, 하고 생각했을 뿐이었지만 바로 얼마 전 있었던 상행에서부터 자르의 생각은 다시금 깊어졌다.

용병들의 성지, 용병왕국에서 S급 용병으로 살아온 루슬릭.

과연 그의 실력은 어느 정도일까?

적어도 자신들이 상상도 할 수 없을 정도일 것만은 분명했다.

"내 입으로 말하긴 그렇지만, 존나 세지."

"⋯⋯장난치지 마시고요."

"좀 더 구체적으로 말해줄까? 사흘 밤낮을 싸울 수 있는 절대적인 검사님이시다. 됐냐?"

*　　　*　　　*

제라스 왕국의 동부 지방은 하츨링 백작가와 오웬 백작가, 이렇게 거대한 두 세력이 양분하고 있었다.

두 거인의 밑으로는 작은 군소 영지들과 그곳을 다스리는 영주들이 가솔로 있었으며, 두 세력은 오랫동안 서로 눈치를 보아왔다.

두 세력은 서로 엇비슷하다. 영지전이 벌어진다면 누가 승리한다고 확신하기 어려웠다.

만약 영지전이 벌어진다면 남는 것은 공멸뿐.

때문에 두 세력의 평화는 오랫동안 지속되어 왔다. 분쟁이 지속되어 온 북부나, 조금씩이지만 분쟁은 있었던 서부, 남부 지방에 비해 동부가 지나치게 평화로웠던 이유도 다 여기에 있었다.

하지만 그런 평화가 서서히 깨어지고 있었다.

그것도 오웬 백작가가 아닌, 하츨링 백작가에 의해서.

레바논은 오웬 백작가와의 싸움을 대비해 병사들을 끌어모았다. 그 결과, 총 삼천에 이르는 거대한 군대가 하나로 모였다.

일반 병사가 삼천에 용병이 이백, 기사가 백.

영지를 지킬 최소한의 인원을 제외한 병력이었다. 레바논은 최대한 빠른 시일 내에 오웬 백작가와의 싸움을 마무리 짓고자 했다.

"드디어 시작이군."

레바논은 출정에 앞서 마음을 다잡았다.

그는 평화주의자에 가까웠다. 권력에 큰 욕심이 없었으며, 현재의 자리에 안주하고 있었다.

물론 그것이 나쁘다는 이야기는 아니었다.

한 이십 년. 전대 하츨링 백작의 시대에서만 하더라도 레바논은 훌륭한 영주가 되었을 것이다.

하지만 오웬 백작이 이를 드러낸 지금에서 레바논의 이런 유한 성정은 그리 좋다고 볼 수 없었다. 지금은 오히려 과감해야 할 때이다.

그리고 그 부분은 바로 루슬릭이 채워주었다.

"쫄지 마. 우리가 이길 거니까."

루슬릭은 레바논의 바로 옆에서 말을 타고 가고 있었다. 그런 두 사람의 양옆은 중갑으로 무장한 기사들이 호위하고 있었고, 뒤쪽으로는 끝이 보이지 않는 병사들이 줄을 지어 따라오고 있었다.

레바논은 루슬릭과 대화를 하고 있으면 마음이 편해졌다.

루슬릭은 자신과는 다르다. 끝을 알 수 없는 자신감을 마주하면 불안감이 싹 사라지는 느낌이 들었다.

"말만 들어도 편하구나."

"거 불편한 소리 하시네. 말뿐이라니? 실적도 있어."

"실적?"

레바논의 귀가 번쩍 뜨였다.

그러고 보니 루슬릭은 이십 년을 용병으로 살아왔다. 오랜 시간 용병으로 살아온 만큼 수많은 의뢰를 맡았을 것이고, 이야기를 들어보면 전쟁도 여러 번 겪어본 게 분명했다.

S급 용병이라면 전쟁에서의 비중도 결코 적지 않을 터.

"자세히 말해보거라."

"말한다고 믿기나 할까?"

"형이 동생을 안 믿으면 누가 믿는다고? 걱정 말고 말해라."

레바논의 말에 루슬릭이 잠시 고민에 빠졌다.

그간 오웬 백작가와의 영지전이다 뭐다 바쁜 통에 루슬릭과 느긋하게 이야기할 시간과 정신이 없었던 레바논이었다.

이렇게 갑작스럽게 나온 화두나마 레바논은 루슬릭이 지난 이십 년간 어떻게 살아왔는지 알고 싶었다.

"용병왕국에 있을 때였지."

루슬릭이 천천히 이야기를 꺼냈다.

"오 년 전, 르만 왕국에 고용된 나는 팔크스 왕국과의 전쟁에 참전했어. 그곳 전선에서 수백의 적을 베고 적군 기사단장과 하루 밤낮을 싸웠지. 적의 기사단장을 격파한 난 홀로 적진으로 들어가 적장의 목을 베었어."

"······그래서?"

"그 전쟁은 르만 왕국의 승리로 끝이 났지."

"그래?"

레바논은 듣는 둥 마는 둥 시큰둥하게 반응했다.

없는 말을 지어낸 것은 아니었다. 실제로 오 년 전 르만 왕국은 팔크스 왕국과 전쟁이 벌어졌었고, 그 전쟁은 르만 왕국의 승리로 끝이 났으니까.

하지만 가볍게 이야기하는 루슬릭의 무용담은 부풀리기 좋아하는 용병들의 모습, 딱 그 정도였다.

"하아, 됐다."

"믿기 싫으면 관두고."

루슬릭은 더 이상 관심 없다는 듯 말 위로 몸을 기댔다.

말 위에서 불편하기 짝이 없는 자세로 잠을 청할 생각인지 루슬릭은 머리를 받치며 눈을 감았다.

"자려고?"

"도착하면 알아서 깰 거니까, 걱정 마."

"······알았다."

예전부터 자기 멋대로에 귀족 치고 성격이 활발한 루슬릭이었지만, 너무나도 바뀐 모습이 조금 낯설게 느껴졌다.

지금 루슬릭은 정말이지 딱 전형적인 용병의 모습 그대로였다.

*　　*　　*

하츨링 백작가의 출정 소식은 이미 오래전부터 오웬 백작가의 귀에 들어가 있었다.

어느 영지에나 타 영지의 세작은 심어져 있게 마련이다. 중요 기밀까지는 아니더라도 영지전 출정과 같은 눈에 띄는 행동 정도는 언제든지 캐낼 수 있는 정보였다.

오웬 백작가는 총 사천이라는 수의 군대를 동원했다.

영지민 농노까지 끌어다 모은 수였다. 군대의 수만 따지자면 하츨링 백작가보다 천은 더 많았다.

"어렵군."

오웬 백작가의 전력을 확인한 레바논은 고개를 저었다.

그는 작은 막사 안에서 동부지역의 지도를 펼쳐놓고 가솔들과 함께 회의를 하고 있었다.

가솔들로는 하츨링 백작가의 군소 영지의 영주들인 자작, 남작들과 용병단을 이끌고 있는 루슬릭과 막스, 자르가 있었다.

"여기까지는 어찌 진군이 가능하겠지만……."

레바논의 손이 오웬 백작가의 군소 영지 경작지를 지나 더욱 깊숙한 곳의 성을 짚었다.

"첫 번째 성부터 막히는군."

평화주의자라지만 레바논은 귀족이고 영주이다. 그는 어린 시절부터 귀족으로서 배워야 할 수업을 이수했고, 그중에는 병법도 포함되어 있었다.

현재의 상황은 아주 기초적인 병법만 알아도 볼 수 있는 그림이 그려졌다.

하츨링 백작가의 완패.

방어하는 입장이라면 모를까, 공격하는 입장으로서는 답이 나오지 않는다.

"썩은 고기라도 씹었어? 표정이 왜 그래?"

"……넌 비유를 해도."

"그럼 말해봐. 뭐가 문제인지."

루슬릭은 팔짱을 낀 채 레바논의 말을 기다렸다.

"너도 알 것 아니냐? 수성과 공성, 어느 쪽이 유리한지."

"당연히 수성하는 쪽이 유리하지."

"그래, 단순한 문제다. 우리 병력으로 저 성을 함락하기란 힘들어. 아니, 함락한다 치더라도 당장 오웬 백작령까지 진군할 여력이 남지 않을 게다."

병법의 기초 중의 기초.

그것은 수성과 공성의 유리함이다. 일반적으로 공성하는 입장에서 성을 함락시키기 위해서는 수성하는 상대보다 반배는 더 많은 수의 병력이 필요했다.

특히 오웬 백작성과 같이 단단한 요새는 반배가 아니라 두 배에 가까운 병력이 필요한데, 그렇다면 삼천이 아니라 무려 팔천의 병력이 필요하다는 뜻이었다.

"단순한 문제네."

"단순하지. 하지만 해결할 방법이 달리 보이지 않는구나."

"어렵게 생각하지 마. 성이 문제면 저놈들을 밖으로 빼면 될 것 아니야?"

레바논의 눈이 반짝 빛났다.

"뭔가 방법이 있는 게냐?"

"단순해. 방법이랄 것도 없어."

꼬르르륵―

그때, 루슬릭의 배에서 요란한 소리가 들렸다.

"배고프면 못 싸우잖아?"

*   *   *

"이거 어디선가……."

"익숙한 상황 같은데요?"

막스와 자르가 루슬릭을 돌아봤다.

그들은 지금 얀트성 후방의 보급로에서 보급 물자를 기다리고 있었다.

너무나도 정석적인 방법이었다. 적의 보급로를 끊어, 성 안에 웅크리고 있는 적들을 밖으로 끄집어내겠다는 작전이었다.

성공만 한다면 분명 큰 효과를 볼 수 있을 것이다. 배고픈 병사들의 사기가 얼마나 떨어지고 얼마나 힘을 쓰지 못하는지는 이미 역사가 증명해 준다.

하지만 그에 대해서는 적들도 만반의 준비를 했을 것.

게다가 바로 얼마 전에 보급물자를 지키는 입장이었던 막스와 자르는 뒤집어진 입장에 묘한 기분이 들었다.

"그나저나 정말 여기가 보급로가 맞는 겁니까?"

"그건 왜 묻냐?"

"아니 그냥, 궁금해서요. 원래 전쟁에서의 보급로라는 게 이렇게 쉽게 알아낼 수 있는 것인지요."

전쟁에 있어서 군대의 양과 질만큼이나 중요한 요소가 바로 보급이다. 제대로 먹이지 않은 군대는 그 힘이 반감된다는 것은 누구나가 알고 있는 상식이다.

그런 만큼 군대를 먹일 식량의 보급로는 무척 중요한 기밀에 속했다. 물론 사람을 심어 정보를 캔다면 못 알아낼 것은 없겠지만 이토록 단기간 내에 손쉽게 알아낼 종류의 것은 절대 아니었다.

"감이다, 감."

"……그 감이라는 게 제가 아는 오감 밖의 또 다른 감각이 맞습니까?"

"응. 두 글자로는 직감이라고 하지."

"하아, 시발."

"처맞는다. 지금 욕했냐?"

제대로 된 정보도 없이, 직감 하나로 용병단을 움직이는 루슬릭의 행동에 막스는 나지막이 욕설을 뱉었다. 하지만 귀 밝은 루슬릭은 그 소리를 듣고는 곧장 주먹을 말아 쥐었다.

찔끔해하며 고개를 숙이는 막스를 뒤로하고 루슬릭이 편하게 앉았다.

"뭐, 단순한 직감만은 아니야. 하츨링 백작가가 둘러싼 일대를 제외하면 마땅한 보급로가 여기 말고는 없기 때문도 있지. 난 그게 한눈에 보이거든."

핑계였다.

"아, 그런 겁니까?"

막스는 그걸 믿었다.

"얼마 전 습격 받은 일도 있고, 당한 것 이상으로 돌려줘야지."

"당한 건 저희가 아니라 저놈들 아닙니까?"

"나 아니었으면 어쩔 뻔했는데? 니들 다 뒤지고 가진 거 다

털렸을걸?"

"하지만 결과적으로는 안 털렸……."

"그거야 내가 잘나서고. 난 내게 이빨 들이민 놈들은 죽도 못 씹어 먹게 다 뽑아버리고 눈알까지 시원하게 파버려야 직성이 풀리거든."

얼마 전 습격의 앙갚음을 계획하는 루슬릭의 모습에 막스와 자르는 생전 처음으로 같은 생각을 했다.

'이 인간이랑은 절대 척 지면 안 되겠다.'

루슬릭의 사고방식은 당한 만큼, 아니 당한 것 이상으로 되돌려 주자는 주의였다.

그리고 그는 충분히 그럴 수 있는 능력을 가지고 있었다.

"그나저나 저희만으로 되겠습니까? 저들도 바보가 아닌 이상 영지전이 시작된 지금 보급물자를 지키는 인원은 단순히 호위 수준이 아닐 겁니다."

"니가 생각하는 걸 나라고 못하겠냐?"

"그럼……?"

"마음 같아선 다 죽이고 빼앗고 싶지만, 그게 안 되면 하는 수 없지. 태워 버리는 수밖에. 그러니까 태울 때까지만 버텨."

현재 용병단의 인원으로는 보급 물자를 빼앗아 오기란 불가능했다.

하지만 빼앗지 않고 불태우는 것 정도는 충분히 가능했다.

밀과 쌀 같은 식량들은 불이 잘 붙기 때문에 한 번 제대로 불을 지르면 그 뒤는 불길이 알아서 해줄 것이다.

"쫄지 마. 지금까지 해온 훈련만 상기시키면 죽을 일은 없을 거다."

느긋하게 앉아 있던 루슬릭이 자리에서 일어났다.

저 멀리서 오웬 백작가의 보급 물자가 오고 있었다.

"자, 밥값 할 시간이다."

*　　　*　　　*

오웬 백작가의 보급을 담당하는 세이론 자작은 하츨링 백작가와 가장 인접한 영지를 다스리는 영주였다.

그는 이번 보급에 사백 명의 병사와 이십 명에 이르는 한 개 기사단을 투입했다. 너무 많지도, 적지도 않은 알맞은 인원이었다.

세이론 자작은 이번 보급이 성공적으로 이루어지리라 확신했다.

그 이유는 하츨링 백작가의 군대가 아직까지도 얀트성과 대치 중이었기 때문이었다.

하츨링 백작이 조금이라도 생각이 있는 자라면 고작 삼천

밖에 되지 않는 병력으로 얀트성을 공략하지는 않을 것이다.

얀트성에 주둔해 있는 병력은 기사가 서른에 병사가 천이었다. 물론 기사 백이 포함되어 있는 삼천의 군대는 충분히 얀트 성을 공략할 수 있을 것이다.

하지만 그 이후가 문제였다. 얀트성을 공략한 하츨링 백작가의 진영은 큰 피해를 입을 것이고, 오웬 백작가는 그 틈을 놓칠 만큼 허술하지 않았다.

"식은 죽 먹기로군."

멀리 얀트 성이 보이자 세이론 자작은 입가에 미소를 띠었다.

얀트 성이 코앞에 보이는 지금, 세이론 자작은 보급 임무의 성공을 확신했다. 얀트성 전방에는 아직까지도 하츨링 백작가의 병사들이 진을 치고 있었지만, 그 후방으로는 별다른 병력이 보이지 않았다.

너무 쉽다는 생각도 얼핏 들었으나 세이론 자작은 복잡하게 생각하지 않았다. 그는 교묘하게 적군의 눈에 띄지 않는 길을 택한 자신의 능력을 높이 샀다.

"긴장을 풀어서는 안 됩니다. 지금부터가 중요합니다."

함께 온 기사단장, 페트로가 말했다.

조심성 없는 세이론 자작과는 달리 페트로는 이상한 낌새를 눈치채고 있었다.

머리가 있는 자라면 보급을 끊는다는 생각 정도는 할 수 있을 것이다. 그런데도 이렇게 조용한 것은 아무래도 이상했다.

"뭘 그리 걱정하나? 이미 얀트 성이 코앞인데."

"이 주변은 매복을 하기에 좋습니다. 언제, 어디서 적이 튀어나올지 모르는……."

"으악!"

어디선가 들려온 비명에 페트로는 말끝을 흐렸다.

인근에서 보급 물자를 지키던 병사의 목에 기다란 창이 꽂혀져 있었다.

"기습, 기습이다!"

페트로는 다급히 검을 빼들며 주위를 경계했다.

슈우우우욱—!

그때, 위쪽에서 수많은 투척용 창이 날아들었다. 단단하게 만들어진 투척용 창은 병사들이 들고 있는 조잡한 나무 방패 정도는 그대로 뚫고 들어왔다.

기사들이라고 예외는 아니었다. 화살 정도로는 기사들이 입은 갑옷을 뚫고 제대로 된 충격을 줄 수 없을 테지만, 투척창은 아니었다.

하늘 위에서 날아오는 창은 무시무시한 위력을 가지고 있어 두꺼운 갑옷을 걸친 기사들조차 위험할 정도였다.

"이, 이런!"

설마하니 투척용 창을 이용할 줄은 몰랐던 페트로는 다급한 음성을 토했다.

활을 이용한 기습을 대비해 병사들에게 각각 조잡하지만 방패를 지급했는데, 창을 이용한 공격에 나무 방패는 아무런 의미가 없었다.

하지만 다행히 투척 창은 그리 오래 날아오지 않았다. 병사들 백여 명 정도가 창에 목숨을 잃었을 때쯤, 수풀이 우거진 언덕 위로 함성이 들려왔다.

"돌격!"

"으아아아아아!"

용병들의 거친 함성 소리.

그들의 손에는 각각 기다란 창과 철판을 덧대어 씌운 단단한 방패가 들려 있었다.

갑작스러운 기습과 수풀들 틈으로 울리는 함성 소리에 보급품을 지키는 병사들은 당황할 수밖에 없었다.

"보급품을 지켜라! 적은 그리 많지 않다!"

병사들과 달리, 기사들은 비교적 냉정했다. 그들은 적 사이에 기사가 섞여 있지 않다는 사실을 알아채고는 자신감을 얻었다.

복장으로 보아 적은 모두 용병이었다. 검이 아닌 창과 방패를 들고 있는 것만 보더라도 분명한 사실이었다.

기사들의 앞에서 페트로가 가장 먼저 검을 빼 들고 용병들을 향해 달려들었다.

"적을 베어라! 가장 많은 적을 죽인 병사에게는 포상을 내릴 것이다!"

사기를 돋우기 위한 외침.

하지만 그런 그의 외침은 그리 효과가 나타나지 못했다.

"곧 죽을 놈이, 포상은 무슨."

"누구……."

서걱—

페트로의 목에 가는 혈선이 그어졌다.

비현실적일 만큼 느릿느릿, 그의 목이 바닥을 향해 떨어지기 시작했다. 시뻘건 피를 흘리며 바닥으로 떨어지는 그의 목을 보고 기사들은 아무 말도 하지 못했다.

"누구긴, 니들 보급품 태우러 온 방화범이시지."

루슬릭은 바닥을 뒹구는 페트로의 목을 발로 걷어차 기사들을 향해 날려 보냈다.

기사들은 한때 자신들의 단장이었던 이의 목이 날아오자 어떻게 반응해야 할지 몰라 우왕좌왕했다. 아무리 이성적이고 차분한 기사들이라지만, 이런 상황에서 냉정을 유지하기란 어려운 일이었다.

기사들이 정신없는 사이 루슬릭은 검을 내려놓고 바닥에

꽂혀 있는 투척창 하나를 집었다.

그의 손에서 물 흐르듯 자연스럽게 창이 날아갔다.

쉬이이익―

뿌드득―

기사 한 명의 몸이 갑옷과 함께 관통되었다. 그것도 모자라 그 뒤쪽으로 달려오던 기사의 몸에까지 창이 박혔다.

심장을 관통당한 기사는 그대로 절명했고, 그 뒤쪽의 기사 역시 바닥을 나뒹굴었다.

창이, 그것도 대를 나무로 만든 조잡한 투척용 창이 단단한 플레이트 메일을 걸친 기사를 관통한다는 사실은 직접 눈으로 보면서도 믿기 어려운 일이었다.

"뭣들 하냐? 일 안 하고."

루슬릭의 말이 끝나기가 무섭게 막스를 비롯한 수십 명의 용병이 보급물자를 향해 다가갔다.

그들의 손에는 각기 불을 지르기 위한 기름이 담긴 통과 불을 붙일 수 있는 횃불이 들려 있었다.

보급물자를 빼앗아 옮기기는 힘드니, 불을 지르겠다는 심산.

그 모습을 그냥 두고 볼 기사들이 아니었다.

"막아라!"

한 기사의 외침에 우물쭈물하던 병사 몇몇이 막스와 용병들을 향해 달려들었다.

그러자 용병들이 한데 모여 창과 방패를 들고 하나의 진을 만들었다. 이미 몇 차례나 연습한 숙련되고 빠른 움직임이었다.

순식간에 병사들과 용병들 사이에는 단단한 방패로 이루어진 벽이 생겨났다.

수적으로 두 배나 우수한 병사들이다. 하지만 이미 한 차례 기습으로 정신이 없는 상태인 데다가 용병들이 이루고 있는 진은 병사들의 검으로 뚫기가 그리 쉽지 않았다.

"이런 멍청한!"

결국 기사들이 앞으로 나섰다. 이십 명의 기사 중 투척용 창에 부상을 입은 기사가 둘, 루슬릭에게 당한 기사가 셋, 이제 남은 기사는 열다섯밖에 되지 않았다.

하지만 그 열다섯의 기사조차 용병들에게는 부담일 수밖에 없었다. 특히, 팔크스 진은 한 번 뚫리기 시작하면 걷잡을 수 없다는 단점이 있었다.

기사들이 앞으로 나서자, 다시 한 번 매섭게 창이 날아왔다.

퍼억—!

투구를 뒤집어쓴 기사의 머리가 관통당했다. 기사는 시뻘건 피를 투구 구멍 사이로 흘리며 그대로 땅바닥에 고꾸라졌다.

전진하던 기사들이 그대로 멈췄다. 그들의 시선은 일제히 창이 날아온 방향으로 향했다.

턱―

루슬릭이 다시금 바닥에서 투척용 창을 집어 들었다.

"이번엔 누가 뒈질래?"

기사들 중 나서는 이는 한 명도 없었다.

위력도 위력이지만 루슬릭이 던지는 창은 무서울 만큼 빠르고 정확했다.

처음 창을 던져 두 명의 기사를 죽였을 때만 해도 정확한 판단이 서지 않았다. 기사단장이 죽고, 너무 경황이 없었기 때문이었다.

하지만 우연은 두 번 일어나지 않는다는 말처럼, 루슬릭은 언제든지 창을 던져 기사들을 죽일 수 있었다. 그 위력은 갑옷째 꿰뚫을 정도이고, 정확도는 달려가는 기사들을 무리 없이 맞출 수 있었다.

그런 루슬릭을 뒤에 두고 함부로 움직일 수 있는 기사는 없었다.

기사들은 용병들을 막기 전에 루슬릭을 처리하고자 마음먹었다.

"저 녀석을 먼저 죽여라!"

"필시 저놈이 용병들의 우두머리다!"

"뭐, 틀린 말은 아니긴 한데……."

루슬릭은 들고 있던 창을 그대로 집어던졌다.

제대로 보이지도 않는 속도로 날아간 창. 하지만 아까까지와는 달리, 이번엔 정면으로 날아오는 창이었다. 기사들은 몸을 크게 비틀어 루슬릭의 창을 피해냈다.

'피했다!'

투척을 피해낸 기사가 속으로 회심의 미소를 짓는 순간.

빠악—!

텅—!

맑은 소리와 함께 기사 한 명의 머리가 투구와 함께 멀리 날아갔다.

단단한 건틀릿을 주먹에 낀 루슬릭이 기사의 머리를 후려친 것이다.

"내가 우두머리니까, 니들 명은 여기까지인 거야."

단 일격.

순수한 근력만으로 사람의 머리를, 그것도 강철 투구를 낀 기사의 머리를 날려 버렸다.

상식적으로 말이 되지 않았다. 도대체 얼마만큼의 근력을 가지고 있어야 이런 말도 안 되는 광경이 가능하다는 말인가?

단 한 번에 투구째 머리가 날아간 기사의 몸뚱이는 영혼을 잃고 힘없이 바닥에 쓰러졌다. 루슬릭은 한 손에는 건틀릿을, 한 손에는 창대를 움켜쥐었다.

루슬릭은 지금 기사들 한가운데로 들어와 있는 상황.

계속해서 당하기만 했던 기사들에게는 기회라고 할 수 있었다.

"노, 놈은 혼자다!"

한 기사의 외침에 남은 기사들이 일제히 루슬릭을 사방에서 공격하기 위해 사방에서 달려들었다.

하지만 이미 분위기는 루슬릭에게로 넘어간 후였다. 한없이 초라한 기사들의 돌격은 이미 발악밖에 되지 않았다.

"겁먹은 놈들이 꼭 그러더라. 나보고 혼자라고."

루슬릭이 한 손으로 창대를 빙그르 돌렸다.

"지지리도 약한 주제에 말이야."

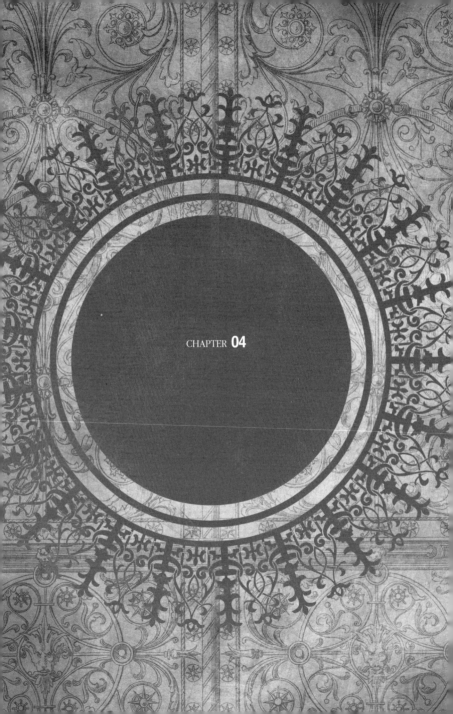

CHAPTER **04**

이백 대 사백의 싸움.

무려 두 배가 넘는 전력 차에도 싸움은 용병들의 압도적인 승리로 끝이 났다.

원래의 목적이었던 보급품의 방화도 달성했고, 기사 스무 명을 격퇴하는 추가적인 소득까지 얻어냈다.

물론 용병들의 피해가 없었던 것은 아니다.

하지만 중상자를 포함해 고작 열 명 안팎의 피해가 있을 뿐이었다.

반면, 보급품을 지키던 병사들이 입은 피해는 무려 이백이 넘었다. 기사들을 잃고 지휘관을 잃어버린 병사들은 보급품을 태우고 유유히 후퇴하는 용병들을 쫓지 못했다.

얀트 성에 남아 있는 식량으로는 병사들을 닷새 정도밖에 먹일 수 없었다. 즉, 그 안에 밖으로 나와 하츨링 백작가와 싸우든지 항복을 해야 한다는 뜻이었다.

식량이 부족해 싸울 수밖에 없는 상황.

그 상황 자체는 병사들의 사기에 영향을 미친다. 병사들은 멍청하지 않다. 식량이 없어 성을 버리고 나가 싸울 수밖에 없는 상황이란 즉, 죽으러 나가는 것과 다름이 없는 것이다.

그 상황 자체는 단순히 삼천 대 천의 싸움의 결과로 끝이 나지 않을 것이다. 지더라도 압도적인 패배로 끝이 날 것이 분명했다.

이번 전쟁에서 얀트 성의 보급 전달은 그 정도로 중요한 일이었다.

"지, 지금 나와 장난하자는 건가?"

화가 머리끝까지 뻗친 오웬 백작은 보고를 받자마자 자리에서 벌떡 일어났다.

보급품이 털렸다는 소식이 오웬 백작가에 알려지기까지 걸린 시간은 고작 이틀이었다. 하지만 한시가 바쁜 지금에는 그 이틀의 허비조차 너무나도 큰 손실이었다.

소식을 들고 온 미턴 자작은 면목 없다는 표정으로 고개를 숙였다. 자신의 잘못이 아니긴 하지만, 지금은 고개를 뻣뻣이 들고 있을 상황이 아니었다.

"죄송합니다. 세이론 자작이 그 정도로 무능할 줄은 미처 몰랐습니다."

"세이론 자작! 그놈, 능력도 없는 녀석이 내 언젠가 일을 그르칠 줄 알았지. 으득."

이미 이 세상 사람이 아닌 수하에게 이를 갈며 오윈 백작이 물었다.

"그런데 대체 어떻게 된 일이냐? 보급 물자의 전달은 이미 전쟁이 나기 전부터 계획된 것 아니었나? 저들이 어떻게 보급로를 알아낸 것이지?"

"저도 그것까지는 파악하지 못했습니다."

"내부에서 정보가 새어 나간 게 아닌가?"

"그건 아닐 겁니다. 이번 보급은 세이론 자작과 저, 그리고 영주님 이렇게 세 명만 알고 있던 사안입니다. 그 이후의 진행에서는 정보가 새어 나간다 해도 저들이 이렇게 신속하게 반응할 수 있을 리 없습니다."

오윈 백작이야 말할 것도 없고, 미턴 자작은 벌써 수십 년째 오윈 백작가에 충성을 다해온 가신이었다. 그런 그가 이제 와서 오윈 백작가를 배신하고 하츨링 백작가로 돌아선다는 것은 상상하기 어려운 일이었다.

그렇다면 남은 사람은 세이론 자작인데, 그는 이번 일로 죽은 인물이었다. 의심의 여지가 없었다.

"으음… 대체 이게 어떻게 된 일인지……."

"어쩌면… 이번에도 S급 용병의 짓이 아닐까요?"

"용병의?"

그럴듯한 이야기였다.

용병이라면 아무래도 병사들과는 달리 자유로운 입장이고 S급 용병 정도 되는 능력자라면 보급로를 알아내는 기행을 만들어냈을지도 모르는 일.

모든 것을 다 떠나 생각해 볼 수 있는 가능성은 그것밖에는 없었다.

"그럴지도 모르겠군."

"아무래도 저희 역시 S급 용병을 움직여야 할 것 같습니다. 저들에게 S급 용병이 있다면, 저희에게도 S급 용병 발터스가 있지 않습니까?"

오웬 백작가는 라일라의 눈물을 대가로 S급 용병 발터스를 움직이는 데에 성공했다. 현재 발터스는 휘하 용병단을 이끌고 오웬 백작가에 합류한 상태였다.

얀트성이 무너지기 직전인 지금, 더 이상 발터스를 아낄 필요가 없어졌다. 아니, 사실상 조금이라도 더 일찍 발터스라는 패를 꺼내 들었어야 함이 맞았다.

"발터스라……. 악명이 높다지? 동부 조합의 S급 용병 둘을 죽인, S급 용병을 잡아먹는 S급 용병으로 말이야."

"네. 다음 싸움에서는 발터스의 제물이 한 명 더 늘어날 겁니다."

*　　　*　　　*

보급이 끊긴 얀트 자작은 성을 내줄 수밖에 없었다. 이대로 며칠 더 버틸 수야 있겠지만 그렇게 하더라도 해결 방법이 생긴다는 보장은 어디에도 없었다.

항복을 한다면 목숨은 보전할 수 있겠지만, 이대로 버티다가 나가 싸우면 결국 남는 것은 죽음뿐이었다. 보급 하나를 끊은 것만으로도 하츨링 백작가는 성 하나와 천 명의 병사를 무찌른 것이다.

하츨링 백작가의 군대는 얀트 성을 지나 오웬 백작령으로 향했다. 얀트 성에는 오백 명 정도의 병사를 남겨놓았다. 앞으로 군소 영지 몇 개를 더 지나야 하지만, 얀트성과 같은 고비는 더 이상 없었다.

아마도 마지막 결전은 오웬 백작령의 백작성이 될 것이다. 별다른 피해 없이 얀트 성을 공략한 것은 크나큰 수확이었다.

"생각보다 일이 잘 풀리는군."

수월하게 풀리는 상황에 레바논은 미소 지었다.

이것이 다 자신의 동생인 루슬릭이 만들어낸 상황이라는 점이 그는 정말이지 든든했다. S급 용병의 실력이 이 정도일 줄은 꿈에도 몰랐던 것이다.

"설마하니 이백의 용병으로 사백의 병사와 이십의 기사에게 승리할 줄이야……."

"뭘 그리 감탄해? 새삼스럽게."

바로 옆에서 말을 타고 이동하던 루슬릭이 레바논의 혼잣말에 대꾸했다.

여전히 자신감 넘치는 그 어투에 레바논이 피식 웃었다.

"하긴, 네가 온 뒤로 계속 일이 이상해지기는 하는구나. 그것도 좋은 쪽으로 말이야."

루슬릭이 오기 전까지 하츨링 백작가는 오웬 백작가의 공격에 골머리를 썩기만 했다.

별다른 대처 없이 당하기만 하기 일쑤였고, 대응한다고 해도 미적지근한 대비가 전부였다.

당장 용병들만 해도 그렇다. 그동안 막스 용병단과 자르 용병단, 이 두 개의 용병단은 서로 화합이 되지 않아 영지 내에서나 영주인 레바논에게나 골칫거리였다.

그런데 그 모든 문제를 루슬릭은 아무것도 아니라는 듯 아주 손쉽게 해결했다.

그렇게 으르렁거리던 막스와 자르는 루슬릭을 구심점으로 뭉쳤고, 오웬 백작가와의 갈등에 미적지근하던 레바논에게 큰 결심을 하게 만들었다.

루슬릭은 범상치 않았다. 영주로서는 어떨지 모르겠지만, 분명 한 사람으로서, 그리고 용병으로서는 최고였다.

"이 일이 끝나면… 네가 영주를 하는 게 어떻겠느냐?"

"뭔 개소리야?"

루슬릭은 말 위에 누워 배를 긁으며 하품했다.

"내가 그 자리에 어울릴 것 같아?"

"……그건 그렇구나."

레바논은 피식 웃었다.

확실히 루슬릭은 영주라는 자리와는 어울리지 않았다. 행동 하나하나가 모두 용병다웠다.

게다가 무엇보다 루슬릭은 영주라는 자리에 전혀 관심이 없었다. 오웬 백작가와의 갈등을 끝내고자 하는 것도 레바논을 돕기 위함이지, 자기 자신을 위함은 절대 아니었다.

"그나저나 산 넘어 산이군. 얀트 성은 어찌 넘어섰지만, 당장 백작성은 어떻게 해야 할지……."

"이번같이 보급로를 끊는 작전은 안 먹히겠지?"

"오웬 백작령은 얀트 자작령과는 달리 식량의 자급자족이 충분히 이루어지는 곳이다. 오히려 얀트 자작령이 오웬 백작령에서 식량을 사들이는 편이지. 우리 하츨링 백작령과는 달리 말이야."

"그래? 그럼 보급물자를 끊는 건 안 되겠고……."

루슬릭이 말 위에 누운 채로 하늘을 바라봤다.

생각에 빠진 그를 보고 있자니 레바논은 걱정이 한결 사라지는 느낌이었다.

루슬릭은 뒤에서 따라오는 막스와 자르를 비롯한 용병단을 보며 한숨을 내쉬었다.

"저런 놈들을 가지고 그 방법을 쓸 수도 없고."

"그 방법?"

"예전에 쓰던 방법인데…… 아냐, 됐다."

중간에서 말을 잘라 버린 루슬릭이 입맛을 다셨다.

"지금은 도전도 못할 방법이니까."

"그러냐?"

"그냥 부숴 버리는 쪽이 편하긴 하겠지만……."

"성문을? 어떻게 말이냐?"

"잘 때리면 부서지던데?"

통 모를 소리에 레바논은 입을 다물었다. 누가 그걸 몰라서 하는 말인가?

공성전의 기본은 성문을 부수는 것이다. 그게 안 되면 성문을 여는 방법이 있긴 한데, 그 방법은 상대 내부에 조력자가 있지 않는 이상 불가능했다.

하지만 하츨링 백작가에는 마땅한 공성기도 없었고 때문에 거목을 베어서 성문을 부술 장비를 간신히 마련했다.

"걱정 마. 내가 공략한 성만 해도 벌써 세 자리가 넘어가니까."

"그 말, 믿어도 되는 거냐?"

"나 못 믿어? 봤잖아, 내 실력."

"……넌 다 좋지만 겸손이라는 걸 좀 배워야겠구나."

웃어야 할지 말아야 할지 모르겠다는 표정으로 레바논이 고개를 저었다.

하지만 겸손을 하나의 미덕으로 생각하는 귀족인 레바논과는 달리, 용병인 루슬릭의 생각은 전혀 달랐다.

"겸손? 그거 내 몸값만 떨어지더라고."

*　　*　　*

발터스는 의외로 평범하게 생긴 인물이었다.

특이하다면 얼굴에 난 기다란 흉터 정도였다. 어디서 생긴 것인지 모를 흉터와 그의 손속 때문에 소문에서의 그는 무척 차가운 인물이 되어 있었다.

오웬 백작은 하츨링 백작가와의 일전을 앞두고 발터스를 불렀다. 손님 접대실에 고작 용병을 부른다는 것은 그 역시 생각해 본 적 없었던 일이었다.

"자네가 발터스인가?"

고용이 성사된 지는 며칠이 되었지만 실제로 얼굴은 마주하는 것은 처음이었다. 발터스는 기타 대답 없이 오웬 백작의 맞은편에 앉았다.

오웬 백작은 자존심이 강한 편이었다. 앉으라는 말도 없었는데 기타 자신의 앞에 앉는 발터스의 행동에 그는 살짝 화가 났다.

"지금 뭐하는 짓이지?"

"그럼, 당신 허락이 떨어질 때까지 서 있었어야 하나?"

"다, 당신?"

"아, 이런. 착각했군. 미안하오, 백작 각하 나으리."

입가를 뒤틀며 발터스가 하하, 웃었다.

건방진 모습이다. 아무리 잘나간다지만, 한낱 용병이 백작씩이나 되는 대귀족 앞에서 저리 웃다니.

"네놈, 누구 앞에서 건방을 떠는 것이냐!"

오웬 백작의 뒤에 있던 호위 기사가 소리쳤다.

그 말에 한참 동안 웃던 발터스가 웃음을 뚝 그쳤다.

"너야말로 한낱 기사 나부랭이가 어디서 건방이지?"

"뭐라?"

"입만 나불거리지 말고 덤비든지. 모가지 간수 잘할 자신 있으면 말이야."

호위 기사의 눈에 불이 켜졌다. 그는 오웬 백작을 바라봤다. 허락을 구하겠다는 뜻이었다.

오웬 백작은 순순히 고개를 끄덕였다.

이렇게 된 이상, 이 자리에서 발터스의 실력을 확인해 두는 것도 그리 나쁘지 않았다.

차앙―!

호위 기사가 검을 뽑아 들었다.

당장 이 자리에서 싸우기 위함이 아니었다. 정식으로 대결을 신청하기 위함이었다.

"오웬 백작가 제1기사단의 부단장, 나 렉스가 그대에게⋯⋯."

"꼴값 떨지 말고 덤벼. 니들 기사는 꼭 싸움을 아가리로 하더군. 갑옷이 아니라 치마를 두르든가."

"⋯⋯정말 안 될 놈이로구나. 밖으로 나와라!"

"밖으로? 그럴 필요나 있을까?"

느긋하게 앉아 있던 발터스의 신형이 순식간에 튀어 올랐다.

갑작스러운 발터스의 행동에 렉스가 놀라 반사적으로 검

을 휘둘렀다.

부웅—

렉스의 검이 허공을 갈랐다. 발터스는 살짝 고개를 숙여 그의 검을 피하고는 손을 내질렀다.

꽈아악—

순식간에 발터스의 손은 렉스의 목을 움켜잡았다.

"커, 커컥!"

"모가지 간수 잘하라고 했지?"

희번덕거리는 발터스의 눈동자에 오웬 백작은 그가 무엇을 할지 알 수 있었다.

"자, 잠깐 기다리……."

우두둑—

섬뜩한 소리와 함께 렉스의 목이 기이한 방향으로 꺾였다. 목이 부러진 그는 더 이상 숨을 쉬지 못하고 그대로 손에 쥐고 있던 검을 놓았다.

깡—

털썩—

순식간에 한 기사단의 부단장을 죽인 발터스는 마치 물건을 내려놓기라도 하듯 렉스의 시체를 아래로 떨어뜨렸다. 그는 바닥에 떨어진 고급스러운 검을 주워들었다.

"이건 제가 갖겠습니다. 백작 각하 나으리."

"……건방치기 짝이 없구나."

렉스의 시체를 슬쩍 바라보던 오웬 백작이 이내 미소 지었다.

"하지만 실력 하나만은 확실하군."

"의외군. 자존심이 꽤 세 보이셨는데?"

"자존심? 하늘을 찌를 만큼 높지만, 자네가 필요하니 어쩌겠나. 기사단의 부단장은 새로 뽑으면 되지만, 자네 같은 실력자는 얻기가 그리 쉽지가 않아서 말이지."

오웬 백작은 공과 사가 확실한 인물이었다.

비록 수하가 죽기는 했지만 그것은 발터스에 비해 실력이 부족했기 때문이었다. 애초부터 렉스는 발터스와 대결을 하기로 마음을 먹은 상태였고, 그 대결에서의 승자 역시 발터스였을 것이다.

비록 발터스가 기습을 했다고는 하나 그 짧은 순간만으로도 렉스의 실력은 발터스의 발끝조차 따라가지 못함을 볼 수 있었다.

기왕 이렇게 된 것, 오웬 백작은 발터스를 자신의 휘하에 둘 생각이었다.

"내 밑으로 들어오게. 오웬 백작가의 직속 용병단이 된다면, 제라스 왕국 제일의 용병이 되게끔 만들어주겠네."

"호오. 제라스 왕국 제일의 용병으로 만들어주겠다?"

발터스가 집어 든 검을 쓰다듬으며 중얼거렸다.

매끈한 검면에 그의 얼굴이 비춰졌다. 노획한 검을 이리저리 흔들던 그가 집무실 바닥에 검을 꽂았다.

"착각하지 마시오. 난, 이미 최고거든."

* * *

작은 숲을 관통해 지나치자 멀리 오웬 백작령이 보였다.

오웬 백작령의 방비는 결코 얀트 성보다 뒤지지 않았다. 아니, 오히려 더 철통같을 것이다.

레바논은 바짝 긴장했다. 드디어 하흘링 백작가와 오웬 백작가와의 싸움이 종지부를 향하고 있었다.

얀트 성에 오백의 병사를 두고 온 하흘링 백작가는 총 이천 오백의 병력이, 얀트 성에서 천 명의 병사를 잃은 오웬 백작가에는 총 삼천의 병력이 남아 있었다.

오백의 전력 차이.

하지만 공성전을 해야 하는 하흘링 백작가와는 달리 오웬 백작가는 수성을 하는 입장이었다. 오백의 우세를 가지고 수성이라는 이점까지 더 안고 있는 것이다.

반면, 레바논이 믿을 것은 오로지 하나밖에 없었다.

"S급 용병. 이게 우리가 가진 가장 좋은 패인가?"

레바논은 저번과 같이 급하게 지어놓은 막사 안에서 회의를 하고 있었다.

"이거, 대놓고 칭찬해 주시니 부끄럽군."

"칭찬받으실 만합니다. 얀트 성을 공략한 것도 다 총 단장의 공로가 아닙니까?"

군소 영주지의 영주이자 하흘링 백작가의 가솔인 파우 남작은 루슬릭을 대함에 조금 조심스러웠다.

S급 용병인 것과 용병단의 총 단장이라는 자리 외에도 루슬릭은 레바논의 동생이기도 했다. 즉, 하흘링 백작가의 귀족이기도 한 것이다.

물론 그 사실은 막스와 자르 역시 얼마 전에 알게 된 사실이었다.

귀족에서 용병이 된, 괴상한 경우였지만 그들은 거기에 토를 달지는 않았다. '불만 있냐?' 는 루슬릭의 한마디에 입이 다물린 것이다.

사실 불만이 나올 이유도 없었다. 루슬릭은 귀족보다는 자신이 용병임을 더 앞세웠고, 행동과 언행 역시 딱 용병이었다.

막스와 자르는 루슬릭의 출생에 딱히 신경을 쓰지 않았다. 오히려 그의 출생에 신경 쓰고 불만을 나타내는 이는 가솔들이었다.

하지만 그런 그들의 불만은 얼마 전부터 쏙 사라졌다.

용병으로서 루슬릭이 이뤄낸 성과 때문이었다. 홀로 얀트성의 보급로를 알아내 끊어버린 루슬릭의 성과는 불만을 단숨에 잠재웠다.

"뭐, 다 내 덕이긴 해."

"……."

"그리고 우리에게 이점이 S급 용병밖에 없다는 말, 그건 조금 틀린 것 같군."

"무슨 소립니까?"

"오웬 백작가도 S급 용병을 고용했을 거니까."

루슬릭의 말에 레바논이 다급히 물었다.

"어찌 그리 확신하느냐?"

"얼마 전, 하즐링 백작가의 보급 임무에서 오웬 백작가 용병 한 놈을 놓쳤거든. 그놈은 아마 내가 S급 용병이라는 걸 알 거고, 그게 오웬 백작의 귀에 들어갔다면 오웬 백작도 S급 용병을 고용하지 않았겠어? 동부의 패자가 되느냐, 쫄딱 털리고 거지새끼가 되느냐의 싸움에 돈 따위가 뭐 대수라고 아끼겠어?"

루슬릭의 설명에 레바논의 표정이 침중해졌다.

이로써 오웬 백작가에서 S급 용병을 고용했을 가능성도 배제할 수 없어졌다.

S급 용병.

아군으로 있을 때에는 더없이 든든했지만 적으로 있을지도 모른다고 생각하니 머리가 쭈뼛 서는 느낌이었다.

"동부 조합의 S급 용병이라면… 발터스일 겁니다."

모두의 시선이 말을 꺼낸 자르에게로 향했다.

"발터스?"

"예. 동부 조합의 S급 용병인데, 얼굴 정도는 마주친 적이 있습니다. 소문도 무성해서 그에 대해서라면 동부 조합 내에 모르는 이가 없을 정도입니다."

"소문이라니? 무슨 소문인가?"

"S급 용병을 잡아먹는 S급 용병. 그의 손에 죽은 동부 조합의 S급 용병만 해도 벌써 둘입니다."

자르는 처음으로 루슬릭에게 걱정 어린 조언을 꺼냈다.

"단장, 조심하십시오. 제가 들은 바로는 발터스 그 녀석도 용병왕국에서 온 S급 용병입니다. 결코 단장에 뒤지지 않는……."

"넌 내가 어디 가서 맞고 다닐 놈으로 보이냐?"

루슬릭은 자르의 말을 중간에서 끊으며 손을 휘휘 저었다.

가벼운 장난식의 대답과는 달리, 자리에 모인 그 어느 누구도 웃을 수 없었다.

자르의 말대로라면 발터스라는 용병은 보통 S급 용병이 아니었다. 두 명의 S급 용병이 그의 손에 죽었다는 것은, 발터스가 S급 용병 중에서도 상위에 속한다는 뜻이었다.

"그럼… 이제 어떻게 해야 하느냐?"

레바논은 말을 꺼내 놓고도 아차 했다.

어느새 그는 자신도 모르게 루슬릭에게 기대고 있었다.

단순한 병법밖에 배우지 못한 그는 지금 이 상황을 헤쳐 나갈 방법이 떠오르지 않았다.

"일단 발터스라는 그놈은 나한테 맡겨라. 막스, 자르. 니들은 괜히 나서다 뒈지지 말고."

막스와 자르는 안 그래도 그럴 생각이었다는 듯 망설임 없이 고개를 끄덕였다.

레바논은 걱정 어린 표정으로 물었다.

"괜찮겠느냐?"

"표정 왜 그래? 쫄지 마. 절대 안 지니까. 그놈 손에 뒈진 S급 용병이 둘이라고? 내 손에 뒈진 S급 용병은 두 자릿수가 넘어."

언제나처럼 허풍 같은 말이었다.

하지만 그 말을 통해 루슬릭은 결코 발터스에게 겁먹지 않았음을 알 수 있었다.

레바논은 결국 이번에도 루슬릭을 믿을 수밖에 없었다.

여기까지 온 이상, 이제 와서 돌아갈 길은 없었다.

"발터스고 성문이고, 내가 다 작살내 줄게."

*   *   *

"이건 대체 뭐지?"

막스 용병단과 자르 용병단은 그들의 단장인 막스와 자르가 내려준 명령에 따라 착실히 움직이고 있었다.

이백에 가까운 수의 용병이 진이 빠져라 힘들게 옮기고 있는 것은 바로 여기저기 널려 있는 바위 덩어리였다. 족히 세 명은 붙어서 옮겨야 할 정도로 거대한 바위 덩어리들이 수레에 실려 옮겨졌다.

공성용 투석기에나 실릴 바위 덩어리들.

"이걸 어디다 쓰려고 옮기라는 거야?"

"그러게 말이야. 투석기도 없을 텐데……."

"설마 집어 던지려는 건 아니겠지?"

"하하, 설마?"

*   *   *

하츨링 백작가의 입장에서 따로 성을 공략할 방법은 없었다.

공성용 투석기가 있다면 한결 공성이 쉬웠겠지만 투석기의 존재는 왕국법상 수도의 정규군만이 소유할 수 있는 금지품목이었다.

투석기의 존재는 공성의 부담을 덜어주어 영지전이 발발할 가능성을 높인다는 이유에서였다.

결국 성을 공략할 방법은 성문을 잠근 걸이를 부수고 힘으로 여는 수밖에는 없었다. 아니면 사다리를 타고 직접 성 위로 올라가든지 말이다.

그리고 그 과정에서 입을 피해는 어마어마할 것이다. 괜히 공성이 수성보다 2배에 가까운 병력이 필요한 게 아니었다.

"투석기라도 한 대 있었다면 좋았을 것을."

오웬 백작성을 보며 레바논이 아쉬움을 달랬다.

병사들을 이용하면 간이 투석기를 어찌 만들어낼 수도 있을 것이다. 하지만 그렇게 만들어낸 투석기나마 추후 영지전이 끝나고 덜미를 잡힐지도 모르는 일이었다.

어찌 되었건 투석기를 사용한 게 밝혀지면 영지전의 승리 여부조차도 무효가 되는 것이다.

"대체 저 바위들은 왜 모은 것이냐? 투석기도 사용할 수 없는데."

"집어 던지게."

"……농담할 때냐?"

레바논은 한숨을 푹 내쉬며 수레에 쌓여 있는 바위들을 바라봤다.

저것들을 보고 있으면 있을수록 투석기의 존재가 아쉬웠다. 십 년 전만 해도 투석기의 사용이 불법이 아니었는데, 계속되는 평화가 투석기의 존재를 지워 버린 것이다.

'그런데 정말 이 녀석은 바위를 왜 모은 것이지?

정말로 집어 던지는 건 아닐 테고, 그렇다고 심심해서 모으지도 않았을 것이다.

그렇다면 무언가 쓰임새가 있을 텐데.

아무리 물어도 루슬릭은 대답을 주지 않았다.

'뭐, 생각해 둔 게 있겠지.'

오히려 레바논은 이런 루슬릭의 돌발 행동이 반가웠다.

아무런 해답을 내놓지 못하는 자신과는 달리 루슬릭은 계속해서 무언가를 해나가고 있었다.

무언가를 한다는 것은 곧 해답을 만들어가고 있다는 뜻이기도 했다.

"대충 이 정도면 충분하겠군."

루슬릭은 열 대의 수레에 가득 쌓인 바위들을 보며 만족한 표정을 지었다.

주위를 둘러보던 루슬릭은 근처의 병사들에게 무언가를 지시했다.

잠깐의 분주한 움직임이 끝이 나고, 루슬릭은 다시금 레바논의 옆으로 다가왔다.

　"끝난 게냐?"

　"그래. 이제 싸워야지."

　사실 이대로 전쟁을 이어간다는 발상 자체는 정말이지 무모한 일이었다.

　하츨링 백작가는 오웬 백작가에 비해 상대적으로 약했고, 게다가 공성을 해야 하는 입장이었다. 차라리 수성의 입장이라면 모를까, 공성에서는 답이 없었다.

　하지만 지금 영지전을 제대로 끝맺지 않으면 오웬 백작가는 계속해서 하츨링 백작가를 건드릴 것이다.

　"난감하구나. 원치 않는 싸움이라니……."

　"싸움을 원해서 하는 사람이 어디 있을까? 원하는 건 싸움이 아니라 땅이고, 돈이고, 권력이지."

　"그런 거냐?"

　"그런 거지. 그래서 세상이 참 좆같은 거야. 싸우지 않고는 얻을 수 있는 게 없거든. 결국 돈이든, 땅이든, 권력이든, 원래부터 내 손에 없었던 것들은 전부 남이 가지고 있던 것들이니까."

　루슬릭은 입고 있던 옷을 팔뚝까지 걷어 올렸다.

　으스러져라 주먹을 꽉 말아 쥔 그의 팔뚝에 굵은 힘줄이 돋왔다.

"자, 그럼 빼앗으러 가자."

＊　　　＊　　　＊

하츨링 백작가 진형, 이천오백.

오웬 백작가 진형, 삼천.

도합 오천오백의 병사. 거기에 기사와 용병까지 도합 육천이 넘는 거대한 병력이었다.

오웬 백작성 앞의 평원은 이미 하츨링 백작가의 병사들이 다가와 있었다. 조금만 더 다가오면 화살이 날아올 정도로 아슬아슬한 거리였다.

"단장은?"

"모르겠다. 아까까지 분명 옆에 있었는데…….”

막스와 자르는 갑작스레 사라진 루슬릭의 행방을 찾아 고개를 두리번거렸다.

하지만 어찌된 일인지 루슬릭은 이미 어디론가 사라져 있었다.

"도망칠 사람은 아니고…….”

앞장서서 성문을 때려 부수겠다고 하던 루슬릭이 이제 와서 도망쳤을 거라는 생각은 들지 않았다.

더군다나 그는 레바논의 동생이면서 S급 용병이 아닌가? 특히 S급 용병이 전쟁이 무서워서 도망간다는 사실은 말이 되지 않았다.

"끙, 미치겠군. 발터스는 자기에게 맡기라더니."

"어떻게 하지?"

"어떻게 하긴. 발터스가 나타나면 당장 튀어야지. 단장도 그랬잖아? 발터스랑은 상대하지 말라고. 네가 얼굴은 안다며?"

"아무래도 그러는 편이 좋겠군."

그렇지 않아도 상황이 좋지 않은 지금, 발터스의 존재는 너무나도 큰 부담일 수밖에 없었다.

"그나저나, 단장이 없으면 지휘는 누가 하지?"

"하츨링 백작가의 제1기사단장, 레이먼드가 한다더군."

지금껏 막스와 자르를 이끌어온 사람은 루슬릭이었다.

용병단의 총 단장이라는 자리와 레바논의 동생이자 하츨링 백작가의 직계라는 신분으로 루슬릭은 지금껏 은연중 백작가의 병사들을 이끌어왔다.

하지만 그런 그가 지금 이 자리에 없었다. 그를 대신할 사람은 아무래도 가장 신분이 높고 싸움에 참여하는 기사단장일 수밖에 없었다.

"실력은 있나?"

"검술 실력만 놓고 보면 우리보다는 낫겠지만… 경험 면에서야 아무래도 의심이 돼."

"젠장, 이제 와서 하는 말이지만, 단장 자리가 이리 클 줄이야."

"오랜만에 너와 의견이 맞는군."

루슬릭의 부재는 그 누구보다 두 사람에게 가장 크게 다가왔다.

하지만 이제 와서 루슬릭이 없다고 뒤로 물리기엔 너무 많이 와버린 상태.

다행이라면 용병들은 각자 방패를 들고 있어 화살비로부터 조금은 더 안전하다는 것이다.

"이제 저 성문을 어떻게 뚫는담."

막스는 한눈에 보기에도 단단한 성문을 보며 한숨을 푹 쉬었다.

병사들이 성문을 부수기 위해 거목을 잘라 조잡하게나마 공성 무기를 만들긴 했으나, 이것을 가지고 성문을 부수려면 얼마나 힘이 들지 감히 상상도 되지 않았다.

제대로 된 무기가 있다면 좋을 텐데, 하는 아쉬움이 수도 없이 들었다.

그때, 천천히 진군을 시작하던 하츨링 백작가의 진영에서 고동 소리가 들려왔다.

둥둥둥둥―

"돌격! 성문을 부숴라!"

"와아아아아아―!"

수천 명의 병사가 일제히 함성을 질렀다.

평원이 떠나갈 만큼 거대한 소리였다. 병사들의 돌격과 함께, 그들 사이에 끼어 있던 용병들 역시 움직이기 시작했다.

결국 루슬릭은 오지 않았다.

"젠장. 정말 이대로 시작하는 건가?"

"이대로 가면 개죽음밖에 안 되는데……."

용병들은 각자 방패를 굳건히 쥐고는 병사들과 함께 앞으로 전진했다.

성과 하츨링 백작가의 병사들 사이의 거리가 좁혀졌다.

어느 정도 사정거리로 좁혀지자.

쉬이이이이익―!

성 위에서 화살비가 쏟아지기 시작했다. 수백의 궁병이 쏘아대는 화살들은 하츨링 백작가의 병사들 위로 퍼부어졌다.

화살을 대비해 하츨링 백작가의 병사들에게도 조잡하나마 나무 방패가 지급되어진 상태였다. 하지만 방패는 몸을 전부 가리기에는 무리가 있었고, 갑옷 역시 화살로부터 몸을 완벽히 보호해 주지는 못했다.

"으악!"

하나둘, 병사들 사이에서 사상자가 나왔다.

용병들은 병사들에 비해 조금 후방에 있었기에 아직까지는 안전했지만, 언제 화살에 얻어맞을지 모르는 일이었다.

"젠장, 내 이럴 줄……."

쾅―!

막스가 불평을 토해내던 그 순간.

어디선가 날아온 바위 하나가 성문에 부딪혔다.

"이, 이건 뭐야?"

당황한 나머지 성문을 향해 돌진하던 병사들이 순간 멈출 정도였다.

바위는 그 뒤로도 계속해서 날아왔다.

쾅― 쾨광―!

쿵―!

일정한 간격으로 날아오는 바위들.

아무리 단단한 성문이라지만 결국 문이란 열고 닫기 위해 만들어진 구조였다. 성문에 충격을 주어 안쪽의 잠금 고리를 부수기만 하면 밖에서도 힘으로 열 수 있었다.

그리고 날아오는 바위는 잠금 고리는 물론, 아예 성문 자체를 박살 낼 만큼 엄청난 충격을 주고 있었다.

"대체 이게 다 어디서 날아오는 거지?"

설마하니 투석기를 가지고 온 것일까?

막스는 바위가 날아오는 방향을 따라 시선을 돌렸다.

"……맙소사."

그리고 그는 볼 수 있었다.

백작성과 조금 떨어진 언덕 위.

그곳에서 바위를 집어 던지고 있는 루슬릭의 모습을 말이다.

*   *   *

"아이고, 팔 아파 죽겠네."

루슬릭은 수레에 실려 있던 바위를 양손으로 번쩍 들어 올렸다.

그의 팔에 곧 터질 것같이 굵은 힘줄이 올라왔다. 그 힘줄은 바위를 들어 올리는 데에 얼마만큼의 힘을 쏟아붓는지 보여주었다.

용병 서넛이 달라붙어야 들 수 있는 바위를 루슬릭은 혼자서 들어 올렸다. 이것만 하더라도 충분히 놀라운 일이었다.

하지만 그게 끝이 아니었다.

"흐읍─!"

숨을 깊게 들이쉰 루슬릭이 들어 올린 바위를 있는 힘껏 집어 던졌다.

슈우우우우욱—!

쫘앙—!

높은 언덕 위에서 던져진 바위는 멀리 백작성까지 던져졌다.

바위는 성문에 처박혔다. 그렇게 던져진 바위가 벌써 열 개가 넘었다.

성문의 표면은 이미 찌그러질 대로 찌그러졌고, 곧 부수어질 듯 위태위태해 보였다. 이 모든 것이 루슬릭이 던진 바위로 인해 만들어진 결과였다.

"정말이지… 할 짓이 아니군."

루슬릭은 수레에서 마지막 하나 남은 바위를 들어 올렸다.

지금껏 던진 바위보다 족히 배는 큰 바위였다. 수백 킬로는 너끈히 되어 보이는 바위는 루슬릭조차 들어올리기 그리 쉽지 않았다.

"운이 좋은 건지, 아니면 괜히 헛고생을 하는 건지."

아무리 괴물 같은 힘을 가졌다 하더라도 평지에서 던지는 힘 정도로 성문을 박살 낸다는 것은 있을 수 없는 일이었다. 하지만 백작성 근처에는 위에서 아래로 바위를 던지기 좋은 위치로 언덕이 하나 있었다. 투석기가 있었다면 더욱 큰 효력을 봤겠지만, 하츨링 백작가에는 투석기가 없었다.

그래서 루슬릭은 자신이 직접 바위를 집어 던지기로 작정했다.

"르만 왕국 머저리들이 투석기 다 태워먹고 이 짓 한 뒤로, 다시는 안 하려고 했었는데… 끄응. 정말로 두 번 다시 하나 봐라."

루슬릭의 몸이 활처럼 휘었다.

한쪽 발을 앞으로 쭉 딛는 것과 동시에 바위를 집어 던졌다.

슈우우욱―!

꽈아아아앙―!

거대한 바위가 부딪힘과 동시에 백작성의 성문이 그대로 작살났다. 하흘링 백작가의 병사들은 날아오는 바위에 감히 움직이지 못하고 멍하니 루슬릭의 모습을 바라보고 있었다.

얼마나 황당했으면, 백작성 위에서 날아오던 화살비도 멈춘 상태였다.

"뭣들 하냐?"

루슬릭이 언덕 위에서 큰 소리로 외쳤다.

"가서 조져!"

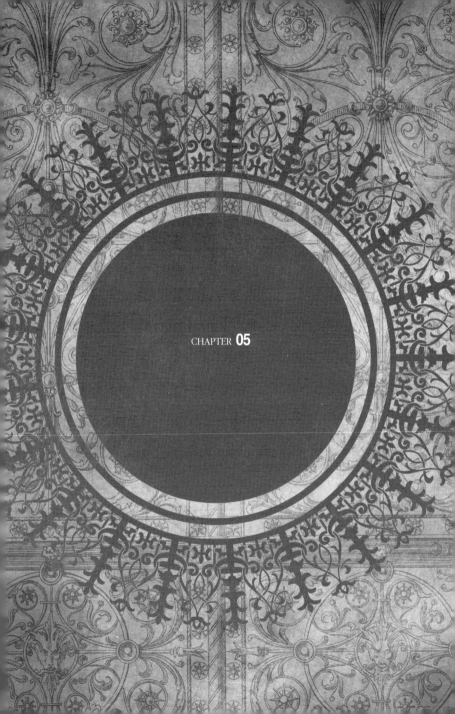

CHAPTER **05**

"이, 이런 미친……."

막스와 자르는 한동안 어이없는 표정을 지우지 못했다.

대단한 사람이라고는 생각했지만, 뭐 이런 황당한 일을 해 낸단 말인가?

막스 역시 힘이라면 어디 가서 빠지지 않았다. 어지간한 성 인 남성은 한 손으로도 들어 올릴 수 있고, 웬만한 바위도 번 쩍 들어 올릴 수 있었다.

하지만 그 바위를 루슬릭처럼 집어 던지는 일은?

꿈도 못 꿀 일이었다. 막스가 지금보다 힘이 열 배는 세지지 않는 이상 절대 불가능했다.

"저거 사람이 맞긴 해?"

"……공감이다."

막스와 자르는 루슬릭에 관해서는 서로 공감하는 부분이 많았다. 묘한 동질감을 느끼며 두 사람은 미소 지었다.

"아무튼 성문이 뚫렸으니, 단장 말대로 전부 조져 버리자고."

막스는 방패를 앞으로 내밀고는 앞다투어 달려갔다.

성문이 부수어진 지금, 그들의 앞을 막는 장애물은 없었다. 정신을 차린 오웬 백작가의 병사들이 화살을 날리고는 있으나 성문만 돌파하면 그 화살도 효력이 사라질 것이다.

게다가 루슬릭이 해낸 기행으로 적 병사들의 사기는 바닥을 치고 있었다. 여차하면 그 무서운 바위가 자신들에게 날아올지도 모를 텐데, 어찌 몸이 움츠러들지 않을까?

막스와 자르는 이미 승기가 하츨링 백작가에 넘어왔음을 알 수 있었다.

하츨링 백작가의 병사들이 막 성문을 통과하고자 다가갔을 때였다.

"으아아악!"

다수의 병사가 성문 쪽에서 끔찍한 비명을 내질렀다.

죽고 죽이는 전쟁터에서 비명 소리가 뭐 그리 대수일까지만 이렇게 짧은 시간에, 많은 수의 병사가 비명을 지르는 건 아무래도 이상했다.

그때, 멀리 보이는 익숙한 얼굴에 자르의 표정이 사색이 되었다.

"……발터스."

"뭐?"

자르의 중얼거림에 막스가 화들짝 놀랐다.

성문의 안쪽에서 일단의 무리가 우르르 몰려 나왔다. 각기 자기 멋대로의 무기를 들고 있는 그들은 한눈에 보기에도 '용병'이었다.

그리고 발터스가 그들의 가장 앞을 달리고 있었다.

"이런 시발!"

"지금은 단장도 없는데… 큰일이군."

발터스와 그 휘하 용병들은 거칠 것 없이 병사들을 헤치고 밀고 나왔다. 아니, 정확하게 말하자면 '용병들'이 아니라 '발터스'가였다.

"저자인가? 오웬 백작가의 S급 용병이."

자르의 뒤에서 은색 갑옷을 입은 기사가 물어왔다.

그는 바로 하흘링 백작가의 제1기사단장인 레이먼드였다. 묵직한 갑옷과 투구를 입은 그는 발터스를 호기롭게 노려봤다.

"맞습니다."

"저자는 내가 맡지. 자네들은 다른 용병들을 맡아주게. 한시 바삐 성문을 뚫지 못하면, 기껏 공자님께서 성문을 부순 의미가 없어."

루슬릭을 공자라 칭하며 레이먼드가 앞으로 나섰다. 그런 그를 따라 몇 명의 기사가 성문을 향해 달려들었다.

막스와 자르는 잠시 고민하다가 레이먼드의 뒤를 따랐다. 그래도 백작가씩이나 되는 곳의 총 기사단장인 그였다. 아무리 S급 용병인 발터스라지만 상대가 되리라 생각했다.

레이먼드는 호기롭게 발터스를 향해 검을 내질렀다.

까앙ー!

"하츨링 백작가의 제1기사단장 레이먼드, 그대 S급 용병에게……."

"……지랄 마라."

콰직ー

발터스의 발이 레이먼드의 배를 걷어찼다.

예상치 못한 공격에 레이먼드의 몸이 뒤로 휘청거렸다.

콰드드득ー!

발터스의 검이 레이먼드의 갑옷을 짓이겼다. 한순간 몸을 비튼 덕분인지 치명적인 상처는 면할 수 있었다.

하지만 단 한 수 공방으로 인한 우세는 분명 발터스 쪽에 있었다.

고작 용병 따위에게 밀렸다는 것이 믿기지 않는지 레이먼드는 놀란 표정을 지으며 발터스를 바라봤다.

"싸움은 검 하나로 하는 게 아니란다, 애송아."

*　　　*　　　*

발터스와 그 휘하 용병들의 개입으로 전장은 난전으로 번졌다.

발터스와 레이먼드는 치열하게 싸웠다. 제1기사단의 단장이가 하츨링 백작가를 대표하는 기사인 레이먼드는 결코 호락호락한 상대가 아니었다. 동부 지역을 통틀어도 적수할 기사가 없다고 불리던 그였다.

하지만 싸움의 형세는 명백히 발터스에게 기울어져 있었다.

아니, 단순히 형세가 기운 정도가 아니었다.

그 누가 보더라도 형편없이 밀리고 있었다.

'이대로 가면 성문을 깬 의미가 없는데.'

자르는 레이먼드와 발터스의 싸움을 곁눈질하며 자신을 향해 달려드는 오웬 백작가의 병사들을 상대했다. 발터스를 비롯한 오웬 백작가의 진형은 성문 밖으로 완전히 나올 생각이 없었다. 이대로 좁은 공간에서 성문을 틀어막고 성을 지켜 낸다면 곧 성문을 수리할 수 있을 것이다.

반면 성문을 깬 하츨링 백작가의 입장에서는 이번 기회에 반드시 성문을 뚫고 들어갈 필요성이 있었다. 한 번 잡은 기회는 반복해서 찾아올 만큼 쉬운 게 아니었다.

"어딜 보고 있나!"

쉬이이익—

자르는 빠르게 찔러오는 검을 급하게 피해냈다. 허수아비 같은 병사들과는 달리, 제법 매서운 검이었다.

검을 찔러온 용병은 자르도 익히 아는 얼굴이었다.

"타르만. 한동안 얼굴이 안 보인다더니, 발터스 밑으로 들어간 거였나?"

"그러는 자르 넌 막스 놈과 붙어먹더니, 이젠 상황 파악이 안 되나 보군?"

타르만이라는 용병은 자르와 같은 A급 용병으로 한때 의뢰 중에 자르와 부딪힌 적이 있었다. 즉, 썩 좋은 관계의 용병이 아닌 것이다.

물론 그렇다고 대놓고 죽이겠다고 할 만한 사이는 아니었 지만 의뢰 중, 그것도 죽고 죽이는 전쟁터에서 만난 이상 서 로를 노리는 것은 당연했다.

"발터스 용병단에는 두 명의 A급 용병이 있다더니. 그럼

한 놈은… 카르 녀석이겠군."

카르는 타르만과 평소 의형제니 뭐니 하고 다니는 용병이었다. 두 사람은 각자 다른 용병단을 운영하고 있었는데, 특이하게도 큼지막한 의뢰는 항상 철거머리처럼 붙어 다니곤 했다.

그런 만큼 만약 타르만이 발터스의 밑으로 들어갔다면 카르도 함께일 것이라 생각했는데, 그런 자르의 생각은 딱 들어맞았다.

바로 조금 떨어진 곳에서 막스와 카르가 서로 검을 부딪히고 있었던 것이다.

"잘됐지. 자르, 막스, 네놈들과는 의뢰 중에 사사건건 부딪혔는데 말이야."

"네 실력으로 될 것 같아?"

자르는 타르만을 비웃었다. 그리고 그는 충분히 그럴 자격이 있었다.

몇 번 부딪힌 적이 있고 사소한 시비로 겨루기도 했었지만 지금껏 타르만이 자르를 이긴 적은 한 번도 없었다. 아주 근소한, 그야말로 종이 한 장 차이지만 자르는 타르만보다 윗줄의 실력자였다.

물론 타르만이라고 해서 그것을 모르지는 않았다. 그리고 지금 역시 그 사실을 충분히 인지하고 있었다.

"인정하지. 시발! 재수 없게도 넌 나보다 강해. 그래서 미안하지만 편법을 좀 써야겠어."

그 말과 함께 타르만의 주위로 두 명의 기사가 다가왔다. 아무래도 사전에 약속이 되어 있던 듯, 그들은 망설임이 없었다.

"……변명도 수준급이시군. 편법이 아니라 합공이겠지."

자르는 한숨을 푹 쉬었다.

하지만 불평할 때가 아니었다. 이곳은 전쟁터였다. 강한 상대에게 합공을 하는 정도야 대수로운 일도 아니다. 오히려 현명하다며 칭찬할 일이지.

자신보다 한 줄 아래의 실력자지만 A급 용병인 타르만.

그리고 정식 기사 두 명.

아직 자르가 감당하기엔 벅찬 전력이었다. 하지만 이상하게도, 자르는 도망칠 생각은 전혀 들지 않았다.

"덤벼."

*　　　　*　　　　*

막스는 A급 용병 카르와 접전을 벌이고 있었다. 두 사람의 싸움은 막스의 우세로 점점 기울어졌다.

"신 나게 덤비더니, 꼴이 왜 그래?"

우직한 힘으로 밀어붙이는 막스의 검술은 A급 용병들 사이에서도 꽤나 알아주는 편이었다. 쉴 틈 없이 몰아치는 공격에 카르는 조금씩 뒤로 물러났다.

쉬익—

그때, 막스의 옆구리로 검이 조금 스쳐 지나갔다. 급하게 몸을 뺀 덕분에 치명적인 상처는 면했지만 살이 조금 베어진 막스는 표정을 찡그렸다.

"……이건 또 뭐하는 수작이지?"

"아쉽군. 그대로 허리를 베었으면 좋았을 것을."

얍삽한 인상의 카르는 입맛을 다시며 주위의 용병들을 바라봤다. 그들은 발터스 용병단 내에서도 손꼽히는 실력자로, 어지간한 기사 못지않았다.

B급 용병 셋과 A급 용병인 카르.

막스가 감당하기 힘든 전력이었다. 애초 카르를 도와주는 B급 용병이 하나만 있더라도 버거웠을 것이다.

"남자 새끼가 쪽팔리지도 않냐? 그 나이 먹고 다굴빵이 뭐냐?"

"다굴빵이 아니라 칼빵이겠지. 배때기에 칼이 들어가고도 주둥이가 살아 있나 볼까?"

카르의 손짓과 함께 세 명의 용병이 막스를 향해 달려들었다.

까앙, 까앙—!

막스는 세 명의 용병이 휘두르는 검을 받아내며 카르까지 견제해야 했다. 하나하나는 손쉽게 상대할 수 있는 녀석들이 지만, 세 명이 함께 달려드니 막스도 힘에 겨웠다.

"젠장. 상황 한번 끝내주는군."

다른 용병들이 도와준다면야 좋겠지만, 그런 것은 기대하기 힘들었다. 이미 사전에 막스와 자르를 빠르게 제거하기로 예정이 되어 있었던 듯, 두 사람을 돕고자 나서는 용병들은 발터스 용병단의 용병들에게 빠르게 저지당하고 있었다.

애초부터 막스와 자르를 노린 듯 발터스 용병단의 행동은 체계적이었다.

이대로 막스와 자르가 죽으면 기껏 뭉친 용병단 자체가 와해될 위험이 있었다.

"죽어라, 막스!"

기회를 노리던 카르가 살짝 보인 틈으로 검을 찔렀다. 세 명의 용병을 상대하던 막스는 카르의 기습을 막아낼 여력이 없었다.

카르의 검이 막스의 가슴을 노리던 그 때였다.

"뭐냐, 그 식상한 대사는?"

막스와 카르의 사이로 한 사람이 끼어들었다. 빠르게 찔러 오는 검을 발로 내리찍은 그는 다름 아닌 루슬릭이었다.

한발 늦은 합류였지만 그의 등장에 막스의 표정에 화색이 돌았다.

"단장!"

"제, 젠장."

막스의 반응을 본 카르는 루슬릭의 정체를 어렵지 않게 눈치챌 수 있었다. 하슬링 백작가에도 발터스와 마찬가지로 S급 용병이 있다고 했는데, 딱 보기에도 루슬릭을 말하는 것이었다.

아무리 A급 용병과 B급 용병 셋이 있다지만 S급 용병을 잡을 수는 없었다. 발터스를 가까이서 보아온 카르는 S급 용병의 실력을 잘 알고 있었다.

검을 빼내고 발터스에게 도움을 청하려 했지만 루슬릭이 밟고 있는 카르의 검은 꿈쩍도 하지 않았다.

루슬릭은 검을 빼내려고 낑낑대는 카르를 내려다보며 양손으로 박수를 보냈다.

"넌 그래도 뭘 좀 아네. 실력이 안 되면, 그래. 다구리라도 놓아야지. 우리가 고명하신 기사님도 아니고, 자존심이 밥줄은 아니잖아?"

"이것 놔라!"

"등신아, 놓으라면 놓을 것 같냐?"

말과는 달리 루슬릭은 순순히 발을 뺐다. 짜증나서 꺼낸 말에 진짜로 검을 되돌려 주자 카르는 의아한 표정을 지었다.

뻐억―!

하지만 방금 전까지 검을 밟고 있던 루슬릭의 발은 이번엔 카르의 턱을 향해 날아왔다. 아차, 하는 사이 턱을 강타당한 카르는 그대로 정신을 잃었다.

순식간에 A급 용병 한 명을 정리한 루슬릭은 세 명의 B급 용병을 상대하는 막스를 돌아봤다. 카르를 견제할 필요가 없어진 막스는 빠른 속도로 세 명의 용병을 몰아붙였다.

"저쪽은 도울 필요 없겠고……."

루슬릭은 빠르게 주위를 살폈다. 가까운 곳에서 자르가 고전하는 모습이 가장 먼저 보였다.

자르는 한 명의 용병과 두 명의 기사를 상대하고 있었는데, 생각보다 잘 버티는 중이었다. 이기지는 못해도 한동안 시간을 버는 정도는 충분히 가능할 것 같았다.

"뭐, 저쪽은 막스가 도울 테니."

상황으로 보아 막스는 곧 세 명의 용병을 정리할 수 있을 것 같았다. 막스가 합류한다면 자르에게도 충분히 여유가 날 것이다.

그렇다면 루슬릭이 상대해야 할 적은 한 명이었다.

오웬 백작가의 S급 용병.

발터스.

루슬릭은 그가 누구인지 한눈에 알아볼 수 있었다.

"저놈이군."

✳   ✳   ✳

동부 지역의 기사들 중에서도 으뜸가는 실력자로 꼽히는 레이먼드는 S급 용병 발터스를 상대로 고전을 면치 못했다.

'이게, 이게 대체 어떻게 된 일이지?'

겨우겨우 발터스의 공격을 막아내며 레이먼드가 속으로 탄식했다.

이럴 리가 없었다. 아무리 S급 용병이라 해도, 그래 봤자 한낱 용병이라고 생각했다.

그는 자신의 실력에 자신이 있었다. 성인이 되기도 전에 그 실력을 인정받아 기사 작위를 받았고 서른다섯이라는 이른 나이에 한 기사단의 단장을 맡았다.

그리고 더 시간이 지난 지금에 와서는 동부의 대영주인 하를링 백작가의 총 기사단장이자 제라스 왕국에서도 알아주는 기사로 명성이 자자했다.

그런데 이게 어떻게 된 일이란 말인가!

레이먼드는 발터스의 검을 받아내기 급급했다. 그나마도 다 받아내지 못해 자잘한 부상을 여기저기 입었다.

발터스는 검도 검이지만 싸움에 틀이라는 것이 존재하지 않았다. 애초에 용병 검술 자체가 일정한 틀보다는 그때그때의 임기응변에 의존하는 검술인 데다가 발터스는 여차하면 발길질까지도 서슴지 않았다. 때로는 거리가 가까워지면 박치기까지 할 정도였다.

덕분에 레이먼드는 검뿐만이 아니라 발터스의 몸짓 하나하나를 모두 신경 쓸 수밖에 없었다. 신경이 분산되다 보니 그만큼 정신력이 빠르게 고갈됐다.

깡―!

두 사람의 검이 부딪히며 작은 불이 튀었다. 힘이 빠진 레이먼드는 발터스의 검을 받아낸 팔을 부들부들 떨었다.

"크윽."

"기사 양반. 생각보다 잘 싸우네?"

오히려 발터스가 더 놀란 표정이었다. 그는 자신의 검을 이정도까지 받아내는 상대를 꽤나 오랜만에 만났다.

"닥쳐라! 용병 나부랭이가 어디서……."

"주둥이 한번 논리적이군. 기사 양반, 지금 당신은 그 용병 나부랭이한테 조져지는 거야. 알아?"

빠악―

다시금 발터스의 발길질이 레이먼드의 배를 걷어찼다. 두꺼운 갑옷을 입은 덕분에 배에 큰 충격은 없었지만 자세가 무너졌다.

콰직—!

레이먼드의 갑옷을 짓이기며 발터스의 검이 그의 어깨를 내리찍었다. 체력과 정신력이 다 빠진 레이먼드는 그만 저항하지 못하고 그대로 공격을 허용했다.

"크윽!"

어깨에서 느껴지는 고통에 그렇지 않아도 체력이 빠진 레이먼드는 다리가 풀렸다.

"그 갑옷 단단하긴 하군. 아니었으면 그대로 팔이 잘렸을 텐데. 뭐, 생각보다 재밌었다. 동부 조합 머저리 S급 용병들보다는 조금 낫군."

"……기사를 모욕하지 마라."

"기사라는 새끼들은 후딱 죽여 달라는 말을 왜 그리 곱상하게 하는지 몰라?"

발터스가 몸을 돌렸다.

자신을 살려주는 것이라 생각한 레이먼드는 눈을 크게 뜨며 소리쳤다.

"지금 날 욕보이는 것이냐!"

"다 죽어가는 놈 신경 쓸 틈 없으니 이만 닥쳐라. 더 재밌는 놈이 왔으니."

발터스의 시선은 전혀 다른 곳으로 향했다.

그곳에는 레이먼드가 익히 아는 얼굴이 병사들을 하나씩 베며 걸어오고 있었다.

"공자님……?"

오래전부터 하츨링 백작가의 기사로 있어온 레이먼드는 당연히 루슬릭에 대해서도 알고 있었다.

이십 년 전 루슬릭은 일찍 기사 작위를 받았고, 이유는 알 수 없지만 용병이 된 지금은 S급일 정도로 그 실력이 뛰어났 다.

하지만 레이먼드는 아무리 루슬릭이라 하더라도 발터스를 상대하기는 힘들다고 생각했다. 그것은 평소 레이먼드가 실 력 면에서는 루슬릭을 자신의 아래로 보아왔기 때문일 수도 있었다.

"피하십시오! 이자는 너무 강합니다!"

"큭. 알긴 아네."

발터스는 비웃음을 지으면서도 루슬릭에게서 시선을 떼지 않았다.

비록 발터스가 동부 조합의 S급 용병을 죽였다지만 S급 용 병은 결코 무시할 수 없는 존재다. 자칫 한눈을 파는 사이 기 습이라도 당하면 낭패를 볼 수 있었다.

특히 루슬릭은 지금껏 발터스가 죽여온 동부 조합의 고만 고만한 S급 용병이 아니었다. 아마도 하츨링 백작이 외부에서 특별이 고용한 S급 용병. 그렇다면 저 멀리 용병왕국에서 건너왔을 가능성도 아주 배제할 수만은 없었다.

'그런데 왜 저 녀석을 공자라고 부르지?'

발터스는 레이먼드가 루슬릭을 부른 호칭이 아무래도 신경 쓰였다.

기사, 그것도 한 가문의 총 기사단장이라는 자가 아무리 S급 용병이라지만 용병에게 공자라는 호칭을 사용한다는 것은 일반적이지 않았다.

"뭐, 아무려면 어때."

어차피 죽일 상대다.

발터스는 후딱 루슬릭을 죽이고 레이먼드의 목을 칠 생각이었다.

잠깐 사이, 루슬릭은 레이먼드의 경고를 무시하고 발터스에게 가까이 다가왔다.

루슬릭은 발터스보다는 가장 먼저 레이먼드에게로 시선을 돌렸다.

"졌어?"

"……죄송합니다."

"죄송할 것까진 없고. 근데 이 새끼, 약해 보이는데. 왜 졌어?"

"그게……."

왜 졌냐는 말에 레이먼드는 뭐라 대답해야 할지 몰라 우물 거렸다. 대놓고 '약해서 졌습니다.' 라고 대답하기에는 그의 자존심이 허락하지 않았다.

"약해 보인다고?"

발터스가 두 사람의 말을 끊었다.

그때서야 루슬릭이 그에게로 시선을 돌리며 말했다.

"너 나 모르냐?"

"뭐?"

"잘 보고 대가리를 굴려. 안 쓰던 머리를 쓰려니 힘들겠지 만 지금 기억해 내면 살 수 있을지도 몰라."

"네놈도 용병왕국에서 왔나?"

"기억났냐?"

"난 네놈 같은 얼굴은 모른다. 하지만 용병왕국에서 온 S급 용병이라면 재밌어. 여기 놈들은 하나같이 다 시시했거든."

흥미로운 장난감마냥 루슬릭을 바라보던 발터스가 허리춤 에서 한 자루 검을 더 빼 들었다.

그 모습에 레이먼드는 그의 주특기가 원래부터 쌍검술이 었다는 것을 알 수 있었다.

지금껏 발터스는 손에 익지 않은 검 한 자루만으로 레이먼 드를 몰아붙였던 것이다.

'이럴 수가……'

충분히 대단한 실력자라고 생각했는데, 그게 본 실력을 모두 보인 게 아니었단 말인가?

레이먼드는 자만했던 자신에게 자괴감이 들었다. 자신 같은 실력자가 둘, 아니 셋은 있어야 그나마 발터스와 상대가 될 것이다.

"꼴값 떨지 말고 마빡이나 굴리라니까? 기회는 한 번이다."

"용병이라는 놈이 싸우기가 겁이라도 나?"

표정을 찡그린 루슬릭이 머리를 벅벅 긁었다.

"아, 그래. 그만하자. 등신같이 뭣 하는 짓이냐, 안 어울리게."

"무슨 개소리냐!"

발터스가 먼저 루슬릭을 향해 달려들었다. 그의 본능이 경고한 것이다. 루슬릭은 결코 레이먼드처럼 만만한 상대가 아니라고. 선공을 빼앗기면 이길 수 없다고.

"이빨 까는 건 여기서 끝이라고, 새꺄."

발터스의 쌍검과 루슬릭의 검이 부딪혔다. 까앙, 하는 소리와 동시에 발터스의 다른 한 쪽 검이 루슬릭의 목을 쳐왔다.

"휘두르지 말고, 발로 깠어야지."

뻑—!

루슬릭의 발길질이 발터스의 가슴을 걸어찼다. 발터스는

검을 미처 다 휘두르지 못하고 뒤로 쭉 밀려났다.

"이렇게."

"쿨럭!"

가슴에서 느껴지는 통증에 발터스가 고통스러운 기침을 토했다.

방금 전, 발터스와 레이먼드의 싸움이 이런 양상이었다. 레이먼드가 검을 휘두르면, 발터스가 발을 쓰거나 다리를 걸었다. 그 양상이 이제는 루슬릭과 발터스의 싸움에서 그대로 벌어진 것이다.

"제법이군."

"제법? 발로 한 번 깐 게 전분데 제법이란 말까지 들을 줄은 몰랐는데."

발터스의 칭찬에 루슬릭은 장난스럽게 그를 비웃었다.

"이런 말랑말랑한 발차기 한 번에 그리 힘들어하시면, 이 뒤는 어떻게 감당하려고?"

"한 번 당해줬더니 너무 자신만만해하는군."

자리에서 벌떡 일어난 발터스가 추진력과 함께 루슬릭을 향해 달려들었다. 그 속도가 어찌나 빠른지, 조금 벌어져 있던 거리가 그야말로 눈 깜짝 할 사이에 좁혀졌다.

발터스의 쌍검이 허공에서 춤을 추기 시작했다. 부드럽고 빠르게 휘둘러진 검은 뱀처럼 집요하게 루슬릭을 쫓았다. 한

번 노린 상대는 절대 놓치지 않는 게 바로 그의 쌍검술의 특징이었다.

타닥—

루슬릭이 가볍게 땅을 밟아 뒤로 물러났다. 발터스는 그 모습이 루슬릭이 도망치는 것이라 생각하지 않았다. 방금 전의한 수로 루슬릭이 결코 만만치 않은 상대임을 알기 때문이었다.

"뭐하자는 수작이지?"

"이러자는 수작."

턱—

루슬릭이 근처에서 싸우던 적 병사 한 명의 목덜미를 낚아챘다. 어, 하는 사이 병사의 몸이 붕 떠올라 발터스를 향해 날아갔다.

쉬이익—!

"으아아아악!"

같은 편이라고 할 수 있건만, 발터스는 자신을 향해 날아오는 병사에게 망설임 없이 검을 휘둘렀다. 잔인하게 반으로 베어진 병사는 피를 뿌리며 바닥에 처박혔다.

"안녕?"

시야가 나타나자 병사의 바로 뒤쪽에서 루슬릭이 나타났다. 병사의 목덜미를 낚아채 던진 직후 발터스를 향해 달려든 것이다.

쐐애액—

다시 한 번 쌍검이 루슬릭을 찔러갔다. 하지만 이미 한 번 병사를 베었던 검은 자세가 바로 잡혀 있지 않았다.

빠악—

루슬릭이 검의 손잡이로 발터스의 손을 강타했다. 강한 충격에 발터스는 잡고 있던 검을 놓쳤다.

하지만 발터스에게는 검이 한 자루 더 남아 있었다.

'내 승리다, 병신아!'

그가 자신의 승리를 확신한 그 순간이었다.

꽈악—

"커컥!"

루슬릭의 손아귀가 발터스의 목을 졸랐다. 숨통을 조여오는 손아귀 힘에 발터스는 온몸의 힘이 쭉 빠졌다.

그는 이해할 수 없다는 표정으로 루슬릭을 바라봤다.

"검이 두 개면, 두 배로 세질 줄 알았냐?"

"커커컥!"

발터스는 루슬릭이 묻는 의미를 알 수 있었다.

너에게 두 개의 검이 있으면, 나에겐 두 개의 손이 있다는.

그의 말이 맞았다. 두 자루의 검을 다룰 수 있다는 의미가 두 배로 강하다는 뜻이 되지는 않는다.

"쌍검술. 꼴값 떨고 앉았네. 강하다는 건 체력, 근력, 반사 속도, 이런 게 강하다는 거다. 무기를 얼마나 잘 다루냐는 그 다음이고, 몇 자루를 다루냐는 아예 생각할 필요도 없는 문제야."

발터스의 목을 조이는 루슬릭의 손아귀 힘이 점점 더 강해졌다. 숨통이 막힌 발터스는 말 한마디 꺼내지 못한 채 고통스럽게 컥컥거렸다.

싱글싱글 웃으며 목을 조이는 루슬릭을 바라보는 발터스의 눈이 찢어질 듯 커졌다.

마지막 순간, 그의 뇌리에 한 명의 사람이 스쳐 지나간 것이다.

'이 인간이… 왜 여기 있는 거지?'

후회는 늘 조금 늦는 법이었다.

"아… 이제 기억났냐?"

뚜두둑―

두꺼운 목뼈가 부러졌다. 기이한 형태로 목이 꺾인 발터스의 몸이 바닥에 처박혔다.

"그렇게 생각하랬잖아. 내가 누군지."

*　　　*　　　*

발터스가 죽고, 카르와 타르만, 두 명의 A급 용병이 죽었다. 사실상 용병들을 지휘할 만한 사람은 남아 있지 않았다.

물론 영지전이 용병들이 없다고 해서 패할 만큼 그렇게 물렁물렁하지는 않았다. 하지만 전쟁에서 용병단이 있는 것과 없는 것의 차이는 상당히 컸다.

용병들은 하나하나가 어지간한 병사들보다 뛰어나다. 형식적인 훈련만을 해온 병사들과 수많은 위험한 의뢰를 전전해 온 용병들의 실력 차이는 확연했다. 더군다나 A급 용병인 막스와 자르는 어지간한 기사들 서넛은 감당할 수 있을 정도였다.

발터스 용병단은 과거 카르 용병단과 타르만 용병단이었던 두 개의 용병단이 하나로 합쳐진 용병단이었다. 각각 백 명씩, 총 이백 명으로 이루어진 규모의 용병단인 것이다.

수적으로만 보자면 루슬릭이 임시 총 단장으로 있는 하츨링 백작가의 용병단과 비슷했지만 이번 영지전에서 그들의 수장인 발터스와 카르, 타르만이 죽었다.

수장이 사라진 용병단은 쉽게 와해되게 마련이었다. 막스와 자르, 그리고 루슬릭은 발터스 용병단을 빠르게 몰아붙였다.

막스와 자르, 그리고 루슬릭을 선두로 한 용병단은 빠르게 성문을 뚫었다. 특히 루슬릭은 거칠 게 없었다. 용병들과 병사들은 물론이고 기사들조차 루슬릭을 막지 못했다.

성문을 돌파한 루슬릭은 곧장 백작성으로 향했다.

"이대로 오윈 백작을 잡는다."

적 병사를 베어 넘기며 루슬릭이 백작성을 바라봤다. 이대로 모든 적을 죽이느니, 그런 학살극보다는 차라리 오윈 백작을 잡아 싸움을 끝내는 편이 효과적이었다.

전쟁을 길게 끌면 끌수록 하츨링 백작가에도 피해가 가는 게 당연했다.

루슬릭은 그것을 원치 않았다. 최소한의 피해로 영지전을 마무리 짓는 게 루슬릭의 목표였다.

"따라와."

루슬릭은 막스와 자르와 함께 용병들 중에서 실력이 뛰어난 이들로만 추스렸다.

그들은 하나같이 평균 이상의 실력을 가진 이였는데, 소수를 이끌고 빠르게 오윈 백작의 신병을 확보하는 것이 루슬릭의 목적이었다.

대략 오십 명 남짓한 인원을 이끌고 루슬릭이 빠르게 백작성에 도착했다. 백작성에는 당연하게도 많은 수의 병사가 대기하고 있었다.

"저, 적이다!"

루슬릭을 비롯한 용병들을 발견한 경비병 한 명이 다급히 소리쳤다. 이미 성문이 뚫렸다는 소식은 백작성에 도착해 있었다.

이미 방비가 다 끝나 있었는지 많은 병사와 기사가 루슬릭과 용병들의 앞을 막아섰다. 수적으로 보면 확실한 열세였다.

"좀… 많지 않습니까?"

앞을 가득 메운 병사들과 기사들을 보며 막스가 넌지시 물었다. 루슬릭의 실력을 의심하는 것은 아니지만, 저 수를 다 쓰러뜨리기는 불가능해 보였다.

"우리가 싸우러 왔냐?"

"네?"

"오웬 백작의 신병 확보. 우리 목적은 그거야. 내가 길을 뚫지. 따라오기나 해."

루슬릭은 근처의 용병들이 들고 있는 방패를 빼앗아 들었다.

두 개의 방패를 한 손에 하나씩 쥐어든 루슬릭이 씩 웃으며 말했다.

"전원, 방패 앞으로."

루슬릭의 말에 용병들은 얼떨결에 시키는 대로 방패를 내민 채 앞으로 나섰다.

대형이 갖춰지자, 루슬릭은 힘차게 발을 앞으로 뻗었다.

"돌격!"

"와, 와아아아아!"

루슬릭을 선두로 용병들이 그 뒤를 따라 전진했다. 지금껏 여러 기적 같은 일들을 해온 루슬릭의 명령은 이미 용병들에게 있어서 절대적이었다.

믿을 수 있다!

그 단 하나가 이 무식하기 짝이 없는 돌격을 만들어냈다. 보통의 경우라면 그야말로 자살행위나 다름없는 행동이었다.

하지만 그들의 앞에는 루슬릭이 있었다.

"마, 막아라!"

"으아아아아악!"

루슬릭의 양손에 쥐어진 방패는 앞을 가로막은 적 병사들을 그대로 짓눌렀다. 수십의 병사가 루슬릭을 막기 위해 달려들었지만, 루슬릭의 힘을 이기지 못했다.

그야말로 괴물 같은 힘이었다.

수십의 병사가 뒤로 밀려나며 혼란에 빠졌다. 무거운 갑옷을 입은 채 뒤로 넘어진 병사들은 자기들끼리 엉켰다.

검으로 찌르고 공격하려 해도 방패로 몸을 가리고 무작정 전진하는데 당해낼 재간이 없었다.

그렇게 루슬릭이 만들어낸 길을 따라 용병들이 방패를 앞으로 내밀고 뒤따랐다. 애초부터 길이 없다면 모를까, 한 번

뚫린 길을 뒤따라오는 용병들을 막기란 힘겨웠다.

"이런 무식한……."

루슬릭의 뒤를 따라오는 막스조차 어이가 없었다. 아무리 힘이 넘쳐난다지만, 이건 너무하지 않은가?

수백의 병사 사이를 고작 방패 두 개를 가지고 밀어버리다니 말이다. 그 믿기 힘든 어처구니없는 일을 루슬릭은 해내고 있었다.

너무나도 쉽게 길을 내준 오윈 백작가의 병사들은 백작성을 향해 들어가는 루슬릭과 용병들을 멍하니 바라봤다.

그때, 우두머리 격으로 보이는 기사 한 명이 다급히 소리쳤다.

"잡아라! 저놈들을 성 안으로 들여서는 안 돼!"

"야, 창 줘봐."

루슬릭이 옆의 용병이 쥐고 있는 창을 빼앗듯이 가로챘다.

잠시 뒤를 돌아선 루슬릭은 방금 전 명령을 내린 기사를 향해 창을 던졌다.

쉬이이익―

푸욱―!

기사의 머리에 창이 꽂혔다. 다급한 표정으로 소리치던 기사는 그 상태 그대로 절명했다. 워낙 순식간에 일어난 일이라 주위의 병사들은 화들짝 놀랄 뿐, 어떻게 해야 할지 몰라 루슬릭과 주위 용병들만 멍하니 바라봤다.

그 뒤 루슬릭은 주로 명령을 내리는 기사들 위주로 창을 던져 죽였다. 그렇게 세 명까지 죽였을 때, 더 이상 명령을 내리는 기사는 없었다.

"거, 창던지는 건 어디서 배우셨습니까?"

"왜, 배워볼래?"

"쓸 만할 것 같긴 합니다만……."

"확실히 쓸 만하긴 하지. 실용적인 면만 보자면 내가 배운 것 중에서 손에 꼽을 정도니까."

'배운 것 중에서' 라는 말에 막스의 귀가 솔깃했다.

"다른 것도 있습니까?"

"창술, 봉술, 검술, 투척술, 궁술, 권법, 각법, 그 외 기타 등등. 그중 주특기는 아무래도 검술이랑 창술이지. 전문적으로 배운 건 여기까지고, 실제로는 손에 잡히는 거면 아무거나 다 써."

다재다능.

아니, 만능이라고 해야 할까?

보통의 용병들은 전문적인 검술을 배우지 않아 대부분 각자의 개성에 맞는 무기를 사용한다. 그나마 용병검술이 보급되면서 검을 사용하는 용병의 수가 많아지긴 했지만, 검을 사용하지 않는 용병도 다수 있었다.

때문에 용병들은 어지간해서는 손에 쥐어진 무기는 다 사용할 줄 알았다. 막스만 하더라도 주로 사용하는 무기는 검이지만 창이나 도끼 등, 사용할 수 있는 무기의 종류는 다양했다.

하지만 누구라도 루슬릭처럼 모든 무기를 완벽하게 다룰수는 없었다. 한 가지 무기만 완벽하게 다루기도 힘든데, 손에 익지 않은 다른 무기까지 다루기란 사실상 불가능에 가까웠다.

"뭐, 상황 봐서 가르쳐 줄 수 있으면 가르쳐 주지. 일단 이 싸움부터 끝내고 말이야."

백작성으로 걸음을 디디며 루슬릭이 뜀박질에 더욱 속도를 가했다.

"자, 달려."

*　　　*　　　*

"몸을 피하셔야 합니다."

미턴 자작의 참담한 얼굴을 보는 오웬 백작은 가슴이 끓었다.

그의 머리는 오십 년을 살아온 그 어느 때보다도 맹렬히 회전했다. 일이 이 지경까지 오게 된, 그 원인을 따지기 위함이었다.

하지만 그의 똑똑한 머리로도 도저히 그 답을 찾을 수 없었다.

"왜 이렇게 됐지?"

"예?"

"총관. 말해보게. 왜 일이 이 지경이 됐는지……."

힘이 빠진 허탈한 음성에 미턴 자작은 그가 모든 것을 놓았음을 알 수 있었다. 오웬 백작은 죽으면 죽었지, 성을 버리고 도망칠 생각은 할 수 없었다.

"그건……."

미턴 자작 역시 바로 대답하지 못했다.

하지만 처음부터 쭉, 그리고 지금까지 모든 상황을 보아오고 진행해 온 미턴 자작은 얼마 지나지 않아 이 일의 원인을 찾을 수 있었다.

"……용병입니다."

"용병? 겨우 한낱 용병 따위가?"

"용병 따위가 아닙니다."

'따위'라는 말을 붙이기엔 용병의 실력은 대단했다.

일이 꼬이기 시작한 것은 상행의 습격에서부터였다. 함께 보낸 용병단이 괴멸하고, 기사들 전부가 죽었다. 용병들이야 다시 구하면 그만이지만 기사 스물의 죽음은 전력에 큰 손실이었다.

하지만 애초 하츨링 백작가보다 전력상에 우위를 점하고 있던 오웬 백작에게 있어 그 정도 손해는 감수할 만한 것이었다. 그때까지만 해도 미턴 자작은 적에게 한 번 당한 정도로 생각했다.

그것이 시작임을 알았어야 했다. 그때부터 대비하고, 준비했어야…….

아니, 준비한다고 해서 막을 수 있었을까?

지금 이곳으로 달려오는, 저 괴물 같은 녀석을 말이다.

"그는… '따위'라는 말을 붙이기엔, 너무나도 대단합니다."

"대단하다라. 최고의 칭찬이군."

고작 용병.

그것도 적에게 대단하다는 말이나 하고 있다니. 참으로 어처구니가 없지만 그 말 외에는 달리 표현할 방법이 없었다.

용병 따위들을 데리고 얀트 성을 함락시키고, 용병 따위가 홀로 성문을 뚫었다.

용병 따위가 수백의 병사와 기사를 제치고, 용병 따위가 곧 자신의 목에 칼을 들이댈 판이다.

'고작' 용병 따위가.

"바야흐로 때는 용병들의 시대다. 이건가?"

발터스만 하더라도 놀라운 실력자였다. 어지간한 기사들은 한 수가 아니라 서너 수는 아래로 보았고, 기사단장인 렉스조차 일수에 제압할 정도였다.

그런데도 오웬 백작은 용병이라는 존재를 무시하고 있었다. 그것은 귀족으로서 그의 자존심이고, 신분이라는 이름을 등에 업은 자의 오만이었다.

"하하하하. 우습군."

"웃기냐?"

쾅―!

그때, 집무실의 문이 박살 나며 일단의 무리가 안으로 들어섰다. 그 가장 앞에는 루슬릭이 있었다.

자신이 발로 걷어찬 문짝을 보며 루슬릭이 머리를 긁적였다.

"아, 맞다. 여기 곧 우리 집 될 거였지. 막 부수고 다니면 안 되는데."

"……자네인가?"

천천히 자리에서 일어난 오웬 백작이 루슬릭과 시야를 맞췄다.

곧 죽을지도 모르는 상황에도 오웬 백작은 당당했다.

루슬릭은 이런 상황을 많이 겪어왔다. 그리고 오웬 백작이 어떤 마음가짐으로 서 있는 것인지도 잘 알았다.

죽어도 당당하게 죽자.

혹은, 아직 현실을 받아들이지 못하거나.

"날 아나?"

"······모를 수가 없지. 자네가 내 일을 이리 사사건건 비틀고 부수어 가루로 만들었는데."

"피차 원망하지 말자고. 알잖아? 용병이 뭐하는 놈들인지. 너도 그걸 알고 용병을 고용한 거고."

"그래. 내 선택이 틀렸지. 발터스가 아닌, 자네를 고용했어야 했는데 말이야. 그래서 그런데 제안 하나 하지."

"제안? 됐어. 하지 마."

고개를 좌우로 저으며 루슬릭이 집무실 안으로 들어왔다. 대화를 거부하는 그의 행동에 내내 당당하던 오웬 백작의 눈이 처음으로 흔들렸다.

"자, 잠깐. 이게 무슨 짓이냐?"

"무슨 짓이라니? 우리 이런 사이 아니었나? 죽고, 죽여야 하는."

맞는 말이긴 하다.

하지만 적어도 오웬 백작이 살아온 세상에서는 이런 법은 없었다.

"그래도 일단 말은 들어봐야······."

"아니. 안 들어."

루슬릭은 미턴 자작의 앞을 지나 느긋하게 오웬 백작의 앞으로 다가갔다.

"이십 년간, 참 많은 놈들을 만나봤어. 싸움 잘하는 녀석부터 시작해서 머리 좋은 놈들까지. 난 싸움은 자신 있지만 똑똑하지는 않아. 그래서 그런지, 처음 용병 생활 중 몇 년은 참 좆같았지. 똑똑한 샌님들 말 몇 마디에 넘어가서 그 새끼들 꼬봉마냥 돌아다녔거든."

꿀꺽─

오웬 백작의 목구멍으로 마른침이 억지로 넘어갔다.

짧은 이야기를 들었지만 그는 알 수 있었다.

루슬릭이 결코 자신을 그냥 놓아줄 생각이 없음을.

"그런 놈들을 몇 번 상대하고 내가 내린 답은 이거야. 혓바닥 놀리기 전에 그 혀를 뽑아버리기. 아니면 그놈이 뭐라고 하든, 내가 처음 생각한 대로 밀어붙이기. 그런데 사람 마음이란 게 참 간사해. 그게 아니라는 걸 알면서도 혹하는 제안을 들으면 흔들리게 마련이거든. 그래서 그 뒤로는 그냥 안 듣기로 했어. 자, 대답이 됐나?"

턱─

말을 마친 루슬릭이 그의 목을 틀어쥐었다. 이미 그의 눈동자는 처음 루슬릭이 방 안으로 들어왔을 때와는 달리 다 죽어가고 있었다.

모든 것을 포기한, 살아 있지만 살아 있지 않은 눈이었다.

"시발. 그딴 눈 좀 하지 마."

뚜두둑―

목이 부러지며, 오웬 백작의 눈에 곧 초점이 사라졌다.

"죽이는 내가 너무 좆같잖아?"

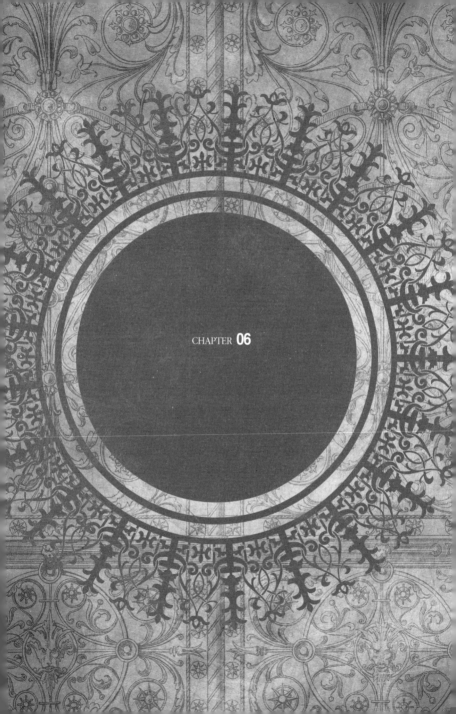

CHAPTER **06**

Return of the 용병귀환 Mercenary

하츨링 백작가와 오웬 백작가의 영지전은 불과 열흘도 되지 않는 짧은 시간에 끝이 났다.

두 백작가의 영지전은 제라스 왕국의 큰 관심사였다. 동부를 양분하고 있는 두 거대 영지의 싸움으로 한 지역을 다스리는 패자가 만들어지기 때문이었다.

승자는 하츨링 백작가였다. 많은 사람이 오웬 백작가의 승리를 점쳤는데, 이변이 일어난 것이다.

그리고 그 승리의 이면에는 의문의 용병이 있었다.

"이놈, 뭐 하는 녀석이냐?"

애꾸눈의 남자가 서류 하나를 집어 들었다.

방 안에 가득 쌓여 있는 서류 뭉치들 중에 유독 애꾸눈의 남자가 거기에 관심을 가지는 이유는 하나였다.

"하늘에서 뚝 떨어진 S급 용병입니다만."

"대답 똑바로 안 하지?"

"……모른다는 소리였습니다."

곰 같은 덩치를 가진 남자는 몸집에 어울리지 않게 애꾸눈이 손을 치켜들자 고개를 푹 숙였다. 그 모습이 너무 순해서 우스울 지경이었지만, 진상을 아는 사람이라면 그리 이상하게 여기지 않을 것이다.

애꾸눈의 정체는 바로 제라스 왕국 용병 조합의 조합장 아칸이었다. 또한 제라스 왕국에 열 명밖에 없다는 S급 용병이기도 했다.

즉, 제라스 왕국의 많고 많은 용병 중 제일 잘나간다는 뜻이었다.

"모르면 다냐? 밥값 안 할래?"

"모릅니다만… 구리긴 확실히 구립니다."

"어떤 점이?"

"갑자기 등장한 S급 용병이라는 점과……."

"그건 발터스도 그러지 않았나?"

"그의 행적이 하츨링 백작가에서 발견되었다는 점입니다."

몸을 웅크리던 거구의 남자는 곧 빠르게 서류상의 내용을 분석했다.

거구의 남자는 제라스 왕국 용병 조합의 두뇌인 알비스였다. 그는 덩치나 생김새와는 어울리지 않게 비상한 머리를 가지고 있었는데, 그 뛰어난 머리로 제라스 왕국 용병 조합의 총무와 총관을 겸비하고 있었다.

아칸 역시 용병 치고 머리가 나쁜 편은 아니었다. 알비스가 핵심을 짚어주자 그 역시 이상한 냄새를 맡았다.

"확실히 이상하긴 이상하군. 어디서 나타났는지 모를 S급 용병이, 용병 조합도 들르지 않고 곧장 하흘링 백작가로 향했다……."

"여길 보십시오."

알비스는 두꺼운 손가락으로 서류의 한 대목을 짚었다.

그곳에는 용병의 자세한 신상 정보와 사용한 무기 등이 적혀 있었다.

서류를 자세히 읽어본 아칸이 눈을 빛냈다.

"이건?"

"얼마 전에 들어온 의뢰 있잖습니까."

"그래. 얼추 비슷하긴 하군. 그나저나 바위를 집어 던져서 성문을 작살내? 끝내주는 놈이네, 이거."

대목 하나하나를 읽을 때마다 감탄스러웠다. 용병이 해낸

업적은 그야말로 한 사람이 해낸 일이라고 믿기 힘들 정도로 대단했다.

이 정도의 능력을 가진 용병이라면 어떤 식으로든 분명 이름이 나 있을 것이다. 그리고 그런 용병이 제라스 왕국에서 숨을 쉬고 있다면, 반드시 용병 조합으로 끌어들일 필요가 있었다.

"애들 보내라. 아무래도 큰 건 하나 물은 것 같다."

*　　　*　　　*

영지를 통합하는 과정은 그리 쉬운 일이 아니다. 두 배로 늘어난 영지를 관리하기 위해 적절한 인물을 차출하고 오웬 백작가 휘하의 귀족들의 처분도 결정해야 했다.

하지만 영지전이 끝난 이상, 그 모든 일거리는 그리 문제가 아니었다. 오웬 백작가 휘하의 가솔들 역시 그의 권력을 따라간 것뿐이지 진정으로 충성한 것은 아니었다.

한 번 무너진 권력이 얼마나 덧없이 무너지는지 보여주는 사례였다.

"……또 놀고 계십니까?"

라프르는 햇살을 받으며 낮잠을 청하는 루슬릭을 보며 역시나 싶었다. 안 보인다 싶으면 있는 곳이 늘 여기였다.

벌써 며칠째인지 모른다. 매일같이 자고 먹고, 자고 먹고. 하는 일도 없이 놀고먹는 루슬릭의 모습은 라프르가 싫어하는 전형적인 인간 군상이었다.

작정하고 자려는지 팔베개까지 하고 누운 루슬릭은 따사로운 햇살을 받으며 끝내주는 경치를 구경했다.

"나 잔다."

"안 주무시잖습니까."

"잘 거다."

"일어나시지요."

라프르는 루슬릭을 위해서라면 서슴없이 쓴소리를 할 수 있는 사람이었다. 그는 자신이 모시는 도련님이 할 일 없이 밥만 축내는 쓰레기가 되는 모습을 그냥 두고만 볼 수 없었다.

"아, 잘 거라고!"

"많이 주무셨잖습니까."

"밥 먹으니까 졸려."

"그렇게 먹고 자는 인간을 보고 기생충이라고 하는 겁니다."

포기를 모르는 성격의 라프르다. 적어도 루슬릭은 지금껏 떼를 써서 라프르를 이긴 적이 없었다.

하지만 루슬릭은 달콤한 지금 이 시간을 방해받고 싶지 않았다.

"그럼… 하루 두 시간을 자고 스무 시간을 싸우는 인간은 뭐라고 하지?"

"네?"

예상치 못한 질문에 라프르는 깜짝 놀랐다.

그의 말은 단순한 질문 같은 것이 아니었다. 루슬릭은 말하고 있는 것이다.

이제껏 그렇게 살아 왔으니, 이제 좀 쉬어도 되지 않겠냐고.

"쉬려고 왔어. 쉬게 내버려 둬."

툭 하고 말을 내뱉은 루슬릭은 양손으로 머리를 받치며 벽에 몸을 기댔다. 세상에서 제일 한가롭고 편안한 모습이었다.

루슬릭에게 있어 이곳은 고향이자 편안히 쉴 수 있는 쉼터였다. 비록 오웬 백작가와 마찰이 있어 쉼터가 전쟁터로 바뀌었지만, 이제는 그 일마저 끝났다.

전쟁터에서 살았고 돌아와서까지 전쟁을 치른 그에게 있어 지금 이 순간은 그 누구에게도 방해받고 싶지 않은 꿈같은 시간이었다.

라프르는 그의 말과 행동에서 지금까지의 삶을 읽었다. 세월의 주름으로 갈라진 그의 눈가에 작은 눈망울이 흘렀다.

"죄송합니다, 도련님."

"죄송할 것도 없고 질질 짤 필요도 없어. 됐으니까 가봐. 난 이제 진짜 잔다."

입이 찢어져라 하품하며 루슬릭이 눈을 감았다. 낮잠을 청하는 그의 표정은 그 어느 때보다도 편안해 보였다.

"단장, 단장!"

꽥꽥대는 목소리에 편안해진 루슬릭의 표정이 종잇장마냥 구겨졌다.

다급하게 루슬릭을 부르며 막스가 달려왔다.

"용병 조합에서 손님이……."

"……나보고 어쩌라고?"

자세 하나 바꾸지 않은 채 루슬릭이 대꾸했다.

"그건 단장이 알아서 하셔야죠."

"귀찮아. 안 만나. 꺼지라고 해. 잘 거니까, 건들면 뒤진다."

"일단 만나보기라도 해야 하지 않겠습니까? 다른 곳도 아니고, 용병 조합에서 온 손님인데."

용병들의 편의를 목적으로 만들어진 단체가 바로 용병 조합이었다. 그들의 역할은 용병들과 고용주들의 연결을 보다 부드럽게 만들어주는 것이다.

제라스 왕국에는 총 다섯 개의 용병 조합이 존재했다. 동부와 서부, 남부와 북부에 각 하나씩이었고 중앙에 하나가 있었다.

엉덩이가 무거운 용병 조합이 직접 움직이는 경우는 그리 많지 않았다. 용병 개개인이나 용병단 단위가 아닌 용병 조합 단위의 거대한 의뢰가 들어올 경우가 첫 번째였는데, 국가 단위의 전쟁이 아니고서는 이런 의뢰가 들어오지 않는다.

두 번째 경우는 누군가 유명한 용병을 사칭하고 다녔을 때였다. 이 경우 용병 조합에서 사실 유무를 확인하기 위해 유능한 용병을 따로 선발해 감찰을 보냈다.

막스가 보기에 이번 경우는 두 번째였다. 우선 용병 조합에서 사람을 보내왔다는 것부터가 그 증거였다. 보통 의뢰에 얽힌 문제라면 이렇게 따로 사람을 보내지는 않는다.

"아, 진짜 귀찮아 죽겠네."

결국 참다 못해 루슬릭이 몸을 일으켰다. 그 역시 용병 조합이 어떠한 경우에 움직이는지 잘 알고 있었다. 그리고 막스의 걱정도 충분히 이해했다.

낮잠을 방해받은 루슬릭은 짜증을 꾹 누르며 말했다.

"안내해."

루슬릭은 막스의 뒤를 따라 영주성 밖으로 나갔다. 아무래도 귀족이 아닌 용병이다 보니 정식으로 초대를 받지 않은 이상 함부로 영주성에 들어올 수는 없었다.

영주성 바로 앞에서 기다리고 있는 용병은 모두 둘이었다.

두 사람 모두 용병이라기엔 꽤나 정돈된 양복을 입고 있었는데, 알고 오지 않았다면 그들이 용병인지 알아보지 못할 정도였다.

"니들이 나 찾았냐?"

기분이 좋지 못한 루슬릭은 그들을 향해 가서는 대뜸 반말로 물었다.

겉으로 보이는 그들의 나이는 적어도 서른 이상, 많게는 마흔 정도였다. 반면 루슬릭은 많게 봐줘야 서른이 될까 말까 했는데, 그 점이 바로 용병들의 기분을 언짢게 만들었다.

"언행이 무례하군."

수염을 길게 기른 용병이 대놓고 불편한 기색을 내비쳤다. 나이가 어려 보이는 상대에게 반말을 들었으니 당연한 일이지만, 루슬릭은 어이가 없었다.

"언행? 무례? 니들 용병 맞긴 하냐?"

"말이 심하다!"

"시팔. 지랄한다. 어린놈이 반말한다고 기분 나쁘냐? 이래 보여도 내 나이가 사십이다. 니들 몇 살이냐?"

용병은 루슬릭의 소개에 말문이 턱 막혔다. 그들의 나이는 많은 사람이 서른여덟이었다. 연배로만 치자면 루슬릭이 윗줄이었다.

"어, 어디서 거짓말을……."

"믿기 싫으면 마시고, 배 아프고 아니꼬우면 덤벼. 기분도 좆같은데 시원하게 칼질이나 한번 하지, 뭐."

루슬릭이 대놓고 싸우자는 식으로 가자 두 명의 용병은 달리 대답할 거리가 없어졌다. 그들은 이미 오기 전에 루슬릭의 실력에 대해 전해 들었다. 동부 조합의 S급 용병인 발터스를 꺾은 루슬릭을 그들 두 사람이 어찌 하기란 불가능한 일이었다.

"오해해서 미안하군. 사과하지."

그때, 뒷짐 지고 있던 용병이 다른 용병을 뒤로 밀치며 나섰다. 그는 가장 먼저 품속에서 하나의 은패를 꺼내 보였다.

"중앙 조합의 A급 용병 크라우드라고 하네. 여기 이 친구는 나와 같은 A급 용병인 킬란이고. 우리야말로 무례했다면 사과하지."

"……역시 난 니들 같은 용병은 영 적응이 안 돼."

크라우드와 킬란은 용병 조합의 외교관과 같은 업무를 맡고 있었다. 주로 큼지막한 의뢰에서 귀족들을 상대하는 일을 하다 보니 혀에 기름을 바를 수밖에 없었다.

"그래서, 무슨 볼일인데?"

"한 가지 확인할 사실이 있네. 자네, S급 용병인가?"

"그래. 용병 일은 때려 치웠지만 등급이 사라진 건 아니지."

기타 용병 등급과는 달리 S급 등급은 오직 용병왕의 승인이 있어야만 내려지는 등급이었다. 마음대로 얻을 수 있는 등급이 아니며, 마음대로 해지할 수 있는 등급도 아니었다.

"때려 치웠다? 그런데 왜 하츨링 백작가의 의뢰를 받아들인 건가?"

"의뢰 같은 건 안 받았어. 그냥 도와준 거지."

"그게 무슨 소리지?"

"내가 여기 차남이거든. 하츨링 백작가의 둘째 아들, 하츨링 폰 루슬릭. 이게 내 풀 네임이다."

"……!"

전혀 예상치 못한 대답에 질문을 이어가던 크라우드의 동공이 크게 번졌다.

귀족이 용병이 된다? 아주 없는 사례는 아니었다. 용병들의 규모가 늘어나고 그 위상이 높아진 지금, 용병이란 그렇게 천대받는 직업이 아니었다.

아니, 오히려 루슬릭처럼 S급 용병이 된다면야 어지간한 귀족보다 나은 대우를 받을 수도 있었다.

하지만 그런 사례들은 대부분 남작 정도의 하위 귀족의 자제이거나 망해가는 가문의 귀족뿐이었다. 동부 지역의 대귀족인 하츨링 백작가의 차남이 군이 용병이 될 이유는 어디에도 없었다.

"대체 왜?"

"그런 것까지 말해줘야 하나? 빨리 꺼져. 너희 때문에 잠이 다 달아나서 짜증나니까."

루슬릭은 손을 휙휙 저으며 축객령을 내렸다.

이 정도면 그가 해줄 수 있는 최대한의 답변을 해준 것이다. 어차피 저들이 온 목적은 루슬릭의 신원을 확인하고자 위함일 것이다.

갑작스레 등장한 S급 용병이 용병 조합을 거치지 않고 하슬링 백작가를 도운 이유.

출생까지 밝히며 그 사실을 확인시켜 준 이상, 루슬릭은 그 나름대로 최대한 협조를 해주었다고 할 수 있었다.

"……아직이네."

크라우드가 뒤돌아서는 루슬릭을 붙잡았다.

"……더 지껄이시게?"

다시금 크라우드를 돌아본 루슬릭이 이를 갈았다. 귀찮음도 귀찮음이거니와 그는 자신을 누군가 구속하려 한다는 사실 자체가 마음에 들지 않았다.

하지만 크라우드 역시 이대로 루슬릭을 보낼 수 없는 충분한 이유가 있었다.

"부탁을 하나 하고 싶네."

"의뢰냐?"

용병들 사이에서 부탁이란 곧 의뢰나 마찬가지였다.

"나 이제 은퇴했다고. 방금 말했는데, 기억 안 나?"

"기억하네. 하지만 그거랑 이거랑은 달라. 사실상 부탁이 아니라 요구지."

"뭔데?"

"자네에 대해 알고 싶네. 이곳에 오기 전에 어디서 무슨 의뢰를 받았는지, 어떤 무기를 사용하고 누구와 교류를 맺었는지까지."

한 사람 개인에 대한 정보.

그것은 용병에게 있어서 치명적일 수 있었다. 어떤 무기를 사용하고 누구와 친분이 있는지와 같은 사항은 추후 적이 알게 되면 약점을 노출할 위험이 있었다. 특히 적이 많을 수밖에 없는 용병에게 있어서 인간관계의 누출은 자칫 보복으로 돌아올 수 있다.

하지만 은퇴한 용병인 루슬릭의 경우 알려진 바가 하나도 없었다.

사용하는 무기는 가릴 것이 없고.

인간관계는 어디서 온 누구인지 모르며.

누구인지 모르니 어떤 의뢰를 성공했는지 모른다.

마지막으로 루슬릭이란 이름을 가진 S급 용병은 아무리 찾아도 존재하지 않는 인물이었다.

"솔직히 우리는 자네가 S급 용병이 맞는지도 의심스럽네. S급 용병패가 위조가 쉬운 물건은 아니지만 그렇다고 불가능하지도 않지. 용병패 직인의 감정은 오직 용병왕국에서만 가능한 일이니……."

　"그건 핑계고, 사실은 나에 대한 정보를 알고 싶다는 것 아냐?"

　"말이 그렇게 되나?"

　능글거리는 미소를 지으며 크라우드는 허허 웃었다.

　하지만 그 말이 그리 틀리지만은 않았다.

　행동이 자유로운 기타 용병과는 달리, S급 용병은 특수한 경우로 용병 조합, 혹은 용병왕국의 관리를 받는다. 괜히 S급 용병이 '특급' 용병으로 분류되는 게 아니었다.

　특히나 루슬릭처럼 신원이 불분명한 S급 용병의 경우 확실한 신분을 밝히는 것이 당연했다. 비록 루슬릭이 더 이상 의뢰를 받지 않고 은퇴했다고 의사를 밝혔더라도 용병 조합의 입장에서는 그의 신원을 확인할 필요가 있었다.

　"거절하면 어떻게 되지?"

　"S급 용병이 용병왕국, 나아가 용병 조합에 갖춰야 할 의무를 어기는 것이지. 용병 조합은 앞으로 자네와 척을 지게 되는 것이고."

　"귀찮게 되겠군."

용병 조합은 단순히 용병들의 모임이라고 치부할 만한 단체가 아니었다.

현 시대의 용병은 과거와는 달리 용병왕을 중심으로 용병 왕국, 그리고 타 왕국에서는 용병 조합이라는 이름으로 한데 묶여 있었다.

즉, 용병조합을 건드리면 용병 전체의 공적이 된다는 뜻이었다.

그래서 아무리 잘나가는 용병이라 하더라도 용병 조합의 눈밖에 벗어날 만한 일은 하지 않는다. 귀족들이 용병 조합을 쉽게 보지 못하는 이유도 거기에 있었다.

그런데 루슬릭은 용병 조합과 척을 지게 되는 일을 단순히 귀찮다고 말한다. 그것은 용병 조합에 대해 잘 알지 못하거나 정말로 우습게보고 있거나 둘 중 하나였다.

하지만 S급 용병인 루슬릭이 용병 조합에 대해 잘 알지 못할 리가 없다. 즉, 알면서도 '귀찮다'고 치부하는 것이다.

잠시 고민하던 루슬릭이 입을 열었다.

"사용하는 무기 창, 칼, 도끼, 각종 무기의 투척, 활 등등. 전반적인 무기 모두."

"……그게 진짠가?"

모든 무기를 자유자재로 다룰 수 있는 용병이 있다는 말은 들어본 적이 없었다. 보통의 용병들은 창과 칼 정도를 주로 익힐 뿐, 다른 무기들에 관해서는 문외한에 가까웠다.

도끼나 활 정도야 가끔씩 배워두는 용병이 있다고는 하나 그건 어디까지나 부수적일 뿐이다.

하지만 정보에서도 그렇고, 루슬릭이 하는 말에서도 그렇고 그는 모든 무기를 다룰 수 있다고 한다.

"알려줘도 지랄이냐? 두 번 말할 생각 없으니까 대가리에 구거 넣든, 받아 적든 해라. 주로 사용하는 무기는 검, 칼이고 검술은 내가 개량한 독문 용병검술이고……."

루슬릭은 자신의 신상에 대해 하나하나 설명했다.

크라우드는 가지고 온 종이를 펼쳐 루슬릭이 말하는 사항을 차근차근 기록하기 시작했다.

루슬릭의 신상 정보를 얻어내는 것. 그것이 바로 그들이 이곳까지 온 목적이었다.

"활동 소속은 용병왕국. 활동 범위는 전쟁용병."

"……용병왕국의 전쟁용병이라?"

무기의 제한을 받지 않는 용병왕국의 S급 전쟁용병.

겉으로 보이는 나이는 이십 대 초반.

이 정도 정보라면 루슬릭이 어떤 인물이었는지 확인하기 그리 어렵지 않을 것이다.

"고맙군. 이 정도만 해도 충분하네."

"그래. 잘 알아보면 내가 누군지 알 수야 있겠지. 그런데…

감당할 수 있겠냐?"

루슬릭의 몸에서 섬뜩한 분위기가 풍겼다. 정보를 기입한 종이를 품 안에 넣으며 크라우드가 몸을 흠칫 떨었다.

단순한 말 한마디로 이렇게 차가운 느낌이 든 적은 처음이었다.

장난스럽고 가벼운 모습은 여전하지만 그 모습이 이렇게 차갑게 느껴질 줄은 몰랐다.

그는 크라우드와 이야기하면서 처음으로 입가에 미소를 지었다.

"니들이 감히 누굴 건드렸는지 알아?"

"……감히라는 말을 쓸 만큼 용병 조합은 우스운 단체가 아님을, S급 용병인 자네라면 잘 알 텐데?"

"그래 봤자 왕국 촌구석 용병조합 따위지. 귀찮아서 알려 는 줬는데, 이후 뒷감당은 알아서 처신하라는 말이다. 나에 대해 알아갔으면, 내가 누군지 알게 되면, 니들 대빵보고 내 앞에 찾아와서 머리라도 처박으라 해."

"……자네가 그런 말을 해도 될 만큼 대단한 사람인지, 내 반드시 알아보도록 하지."

크라우드가 몸을 휙 돌렸다.

말은 당당하게 했지만 루슬릭이 풍기는 분위기를 계속해서 마주하기 힘든 까닭이었다.

오만하기 짝이 없지만 루슬릭이 하는 말은 어딘가 당연하다는 느낌이 있었다.

'그 정도로 대단한 사람이라는 건가?'

크라우드는 영주성 안으로 들어가는 루슬릭을 슬쩍 곁눈질했다.

'어쩌면… 정말로 잘못 건드린 것일지도 모르겠군.'

*　　　*　　　*

잠이 깨버린 루슬릭은 찌뿌듯한 몸을 풀고자 지하 연무장으로 향했다. 과거 기사로 살아왔을 때에나 용병으로 살아왔을 때에나 연무장에서 검을 휘두르는 것은 늘 습관처럼 해온 일이었다.

원래는 영주 전용 연무장이어야 할 지하 연무장에는 많은 사람들로 북적거리고 있었다.

그들은 하나같이 용병이었다.

"니들 여기서 뭐하냐?"

막스와 자르를 비롯한 용병들은 아직까지도 지하 연무장을 쓰고 있었다.

분명 계약 기간은 오웬 백작가와의 불화가 끝난 시점에서 끝났다고 볼 수 있었다.

당연히 용병들이 하츨링 백작가에 남아 있을 이유가 없었다.

막스와 자르는 루슬릭의 등장에 서둘러 인사했다.

"오셨습니까?"

"됐고. 계약 기간 만료 안 됐냐?"

영지전이 끝나고 용병들이 아직까지 남아 있는 것만 해도 충분히 이상한 일이었는데, 아예 지하 연무장에서 검까지 휘두르고 있었다.

보통 계약 기간이 끝난 용병들이 이렇게 영주성을 제 집처럼 쓰지는 않는다.

"새로 재계약했습니다. 이번엔 5년 주기로요."

"5년?"

"예. 단장님 밑에 좀 더 있고 싶습니다."

막스와 자르는 진심으로 루슬릭을 향해 고개를 숙였다.

한 귀족 가문에 장기적인 계약을 맺고 그곳에 소속되다시피 한 용병단을 가리켜 직속 용병단이라고 한다.

재력이 빵빵한 귀족 가문에서는 보통 따로 사병을 키우지 않고 이런 직속 용병단을 두기도 했다.

"말 안 했냐? 나 은퇴했다. 이제 놀고먹을 거야."

"압니다. 하지만 그래도 배울 건 있지 않겠습니까?"

"용병 조합이랑 싸울지도 모르는데?"

"······예?"

벙찐 표정을 지으며 막스가 되물었다.

그는 자신의 귀를 의심했다.

뜬금없이 용병 조합이랑 싸우다니?

"혹시··· 용병 조합에서 온 사람들이랑 싸웠습니까?"

"싸운 건 아니고. 개기지 말라 했지."

"······농담이죠?"

"아닌데."

막스는 머리를 쥐어뜯었다.

다른 곳도 아니고, 제라스 왕국 중앙 조합의 손님들이었다. 그런 이들과 불화가 생긴다는 것은 곧 제라스 왕국 전체의 용병 조합과 사이가 틀어진다는 뜻이었다.

용병 조합과 사이가 틀어지면 앞으로가 힘들어진다. 루슬릭이야 은퇴를 했으니 모르겠지만 막스와 자르는 아직 현역이었다.

"······제 인생 책임지십쇼."

"그러게 누가 재계약하래? 그리고 저놈들이 먼저 싸움 걸어오지 않는 이상 나도 싸울 생각 없어. 단지 먼저 걸어온 싸움은 피하지 않겠다는 거야."

"으음······."

이 정도만 하더라도 다행이라고 할 수 있었다.

확실히 그 누가 보더라도 루슬릭은 먼저 걸어온 싸움에 숙이고 들어갈 만한 사람은 아니었다.

오웬 백작가만 하더라도 먼저 걸어온 싸움을 이용해 아예 그 자체를 몰락시켜 버렸다.

하지만 이번엔 상대가 너무 나빴다.

오웬 백작가와는 달리, 용병 조합은 설사 한 나라의 왕이라고 하더라도 쉽사리 건드릴 수 없는 상대인 것이다.

"걱정 마. 나도 고향까지 돌아와서 예전처럼 피 보고 살 생각 없으니까. 적정선까지는 저들이 원하는 대로 해줄 생각이다."

"그렇다면 다행입니다만."

"그나저나 하슬링 백작가에 직속 용병단이라. 땅덩이가 넓어진 만큼 어쩌면 당연한가?"

루슬릭은 새삼스러운 눈으로 막스와 자르를 바라봤다.

사실 루슬릭이 너무 강해서 그렇지 막스와 자르의 실력은 A급 용병 중에서도 상위에 속했다.

어지간한 기사 서넛은 감당할 수 있었고, 용병 단원 하나하나도 그리 수준이 낮지 않다.

더군다나 이번 일로 두 용병단은 함께 손발을 맞춰보았다. 조건만으로 보면 웬만한 B급 용병단보다 훨씬 좋았다.

하슬링 백작가에 몸담은 루슬릭에게 막스와 자르의 합류

는 환영할 만한 일이었다.

"먹고 놀지만 말고 용병이나 계속 해보는 게 어떻겠느냐?"

그때, 지하 연무장으로 레바논이 들어왔다.

그는 애초에 막스와 자르를 받아들일 때부터 루슬릭에게 이들을 맡길 생각이었던 듯했다.

"이제 좀 쉬려 했더니만."

"힘든 일은 안 시킬 게다. 직속 용병단이라고 해봤자 어려운 일도 많이 없을 테고. 전쟁 같은 일은 더더욱 없을 게야."

하츨링 백작가에 있어서 루슬릭의 존재는 큰 힘이었다.

이번 일로 루슬릭의 실력이 어지간한 S급 용병을 웃돈다는 사실이 입증되었다. 그런 인력을 그냥 놀고먹는 데에 낭비한다는 것은 큰 손해였다.

"그냥 용병들의 관리나 훈련 상태 정도만 보아주어도 괜찮다."

"흐음……."

장내에 모인 용병의 수는 총 이백 명이 채 안 되었다.

아무리 손쉽게 끝난 전쟁이라지만 사상자가 아예 없을 수는 없었다. 이 정도 인원의 용병이라면 사실 운영이 그리 어렵지는 않다.

루슬릭이 마음을 굳히기까지 걸린 시간은 그리 길지 않았다.

"시간 때울 정도는 되겠군."

$$*　　　*　　　*$$

제라스 왕국 중앙 용병 조합.

그곳에 귀환한 크라우드는 곧장 가지고 온 정보를 아칸에게 가져갔다.

"다루는 무기는 모든 무기 전체에, 사용하는 검술이나 창술 등은 직접 개량한 독문 검술 창술, 주특기는 전쟁이라."

크라우드가 적어온 종이를 한 장, 한 장 넘기며 아칸은 감탄하지 않을 수 없었다.

이 모든 정보가 사실이라면 루슬릭은 그야말로 전쟁에 특화된 전쟁 병기라고 할 수 있었다. 왜 발터스가 그리 쉽게 루슬릭에게 패했는지도 이해가 갔다. 루슬릭은 싸우기 위해 만들어진 인간이었다.

"짐작 가는 용병이 있습니까?"

"아니, 전혀. 이런 완벽한 용병이 있다는 이야기는 들어본 적이 없어. 하지만 짚이는 곳은 있군."

"짚이는 곳이라면……?"

크라우드의 물음에 아칸은 집무실 한쪽에 쌓아둔 서류 더미를 뒤졌다.

그곳에는 수많은 의뢰 목록이 쌓여 있었는데, 아칸은 서류 더미 속의 수납장을 열었다.

그곳은 특급에 속하는 의뢰만을 따로 모아둔 곳이었다. 제라스 왕국 중앙 용병 조합에 특급 의뢰는 단 하나밖에 없었다.

수납장에서 한 장의 의뢰 서류를 꺼낸 아칸이 말했다.

"이 의뢰는 이곳뿐만이 아니라 대륙의 모든 용병 조합에 공통적으로 의뢰가 넣어져 있다."

"모든 용병 조합에 말입니까?"

크라우드는 깜짝 놀랐다.

제라스 왕국의 용병 조합은 총 다섯 곳이었다. 하지만 대륙 전역으로 따지면 수십 개의 용병 조합이 있었다.

그곳 모두에 의뢰가 들어갔다면 단순 계약금만 하더라도 천문학적인 액수일 수밖에 없었다. 계약금이 그 정도라면 의뢰 완수금 역시 어마어마할 것이 뻔하다.

괜히 특급 의뢰에 속하는 게 아니었다.

"대체 무슨 의뢰기에……?"

"한 사람을 찾아달라는 의뢰."

"사람을요?"

의뢰 내용 자체는 그리 특별할 것이 없었다.

누군가를 찾아달라는 의뢰는 보통 의뢰를 맡기는 사람이

아주 부자일 때나 찾아야 할 사람의 신분이 높을 때 의뢰금이 비싸지곤 했다. 특히, 뒤가 구린 일에는 용병 조합에서도 관리를 엄격히 하는 편이었다.

하지만 아칸의 말이 사실이라면 이번 의뢰는 지금까지의 사람을 찾는 의뢰 중 그 어떤 의뢰보다 규모가 컸다.

대륙 전체에서 단 한 사람을 찾는 일이었으니 말이다.

"대체 누굴 찾기에……."

"특이 사항에는 이렇게 나와 있네. S급 용병이고 모든 무기를 자유자재로 다룰 수 있으며, 겉으로 보기에는 이십 대지만 사실 그 나이는 마흔 전후라고."

"……!"

단 세 가지 사항이지만 곧바로 루슬릭을 떠올릴 수 있었다.

특히 겉으로 보기에는 이십대지만 실제 나이가 마흔이라는 대목.

처음 루슬릭이 그 말을 했을 때에는 자신을 놀리는 것이라 생각했는데, 어쩌면 그 말이 사실일지도 모른다는 생각이 들었다.

"더 생각할 것도 없군요."

"그렇지."

"대체 누굽니까, 그 의뢰를 맡긴 사람이."

이 정도 스케일의 의뢰를 맡길 정도면 최소한 어마어마한 재력을 가진 대귀족이거나 한 나라의 왕 정도가 아니고서는 불가능했다.

특히 크라우드는 그런 사람이 이런 의뢰를 하면서까지 찾고자 하는 루슬릭의 정체가 더욱 궁금했다.

"그가 아니야."

"네?"

"그녀라고 함이 맞겠지."

'그녀'를 떠올리는 아칸의 눈이 황홀하게 젖었다.

"내 평생, 그토록 아름다운 여인은 처음 봤단 말이지."

＊　　　＊　　　＊

"원래 용병이 이런 것도 했나?"

"나한테 묻지 마라."

막스와 자르는 영지 순찰을 다니고 있었다.

사병도 아닌 용병이 영지 순찰을 다닌다니 아이러니한 상황이었지만 루슬릭의 명령이 있어 어쩔 수도 없었다.

하기 싫다고 반박하기에는 루슬릭이 너무 무서웠기에.

"……우리, 그냥 잡일꾼 아니야?"

"나한테 묻지 마라."

"재미없는 새끼. 심심한데 말동무도 안 되냐?"

"너랑 대화하는 게 그리 재밌지가 않거든."

아무리 같이 생사를 오고가는 싸움을 했었다지만 막스와 자르의 성격은 완전히 정반대였다.

애초에 맞지 않는 성격을 가진 두 사람은 루슬릭이 없는 곳에서는 언제나 부딪혔다.

순찰을 돌다 말고 막스가 으슥한 곳을 손가락으로 가리켰다.

"대화 말고 그럼, 한탕 할래?"

"싸우자고?"

"대충 시간이나 때우고 가면 되는 것 아냐?"

"단장 말 기억 안 나나? 영지민들에게 괜히 피해주지 말라고."

"야, 이게 어딜 봐서 피해야?"

"무식한 새끼. 근처에서 칼부림 피우는 게 피해지, 그럼 뭐가 피해라는 거냐?"

지금 막스가 하자는 일은 예전에 루슬릭이 오기 전이나 별로 다를 게 없었다.

영지민들에게 있어서 무장한 용병들은 근처에 오는 것조차 꺼림칙했다.

더군다나 칼을 빼 들고 싸우는 모습은 언제 그 칼이 자기에게로 향할지 모른다는 두려움을 심어주었다.

루슬릭이 일부러 용병들을 이렇게 순찰 보내는 이유에는 앞으로 5년간 용병들이 영지를 잘 지낼 수 있는지를 시험해 보기 위함도 있었다.

"헛생각 말고 순찰이나 돌아라. 단장이 알면 몇 대 얻어터지는 걸로 안 끝날 테니."

"……젠장. 너 임마, 이따 돌아가면 두고 봐라."

그때, 방금 전에 막스가 가리킨 으슥한 골목에서 검은 로브를 두른 왜소한 체구의 사람이 나타났다.

딱 보기에도 수상한 차림이었다. 막스와 자르는 서로 눈을 한 번 교환하고는 로브인에게로 다가갔다.

"순찰을 도는 중이오. 잠시 시간 좀 내주시겠습니까?"

나긋나긋한 어조로 자르가 말했다.

로브인은 후드를 눌러 쓴 상태라 얼굴이 전혀 보이지 않았다. 대꾸조차 없자 자르는 결국 손을 뻗어 후드를 벗겼다.

스륵―

"흡!"

후드를 벗기자 드러난 로브인의 얼굴은 생각 외였다.

일단 차림새와는 어울리지 않게 여인이라는 점도 의외였지만 무엇보다도 그녀의 얼굴이 무척 아름답다는 점이 놀라웠다.

아니, 단순히 아름답다는 정도가 아니었다.

이런 미인을 어디서 볼 수 있을까 싶을 정도로 그녀의 얼굴에서는 빛이 났다.

검은 로브와 대조되는 투명한 피부는 물론이고 뚜렷한 이목구비와 연한 녹색 빛을 띠는 동그란 눈망울과 눈이 부실 정도로 반짝이는 금발까지.

순간적으로 멍할 정도로 아름다운 미인이었다.

"당신들, 용병이야?"

옥구슬이 굴러간다는 말이 절로 떠오를 목소리였다.

"그, 그렇습니다."

"그래? 잘됐네."

여인이 화사하게 웃었다.

자르는 완전히 얼이 빠진 상태였고, 비교적 여자에 대해 알아는 막스도 어떻게 해야 할지 몰라 입을 우물거렸다.

그녀는 가늘게 눈을 좁히며 물었다.

"단장 어디 있어?"

*　　　*　　　*

막스와 자르는 두 말 없이 여인을 루슬릭에게 안내했다.

원래라면 별다른 허락 없이 외부인을 영주성에 들이면 안 될 일이었다.

하지만 여인은 너무나도 손쉽게 영주성에 들어왔다. 그것은 단순히 아름답기 때문이라고 치부하기 어려웠다.

"또 손님이냐?"

루슬릭은 막스와 자르의 뒤로 따라온 여인을 물끄러미 바라봤다.

그녀는 다시금 눌러쓴 후드를 벗었다. 검은 후드를 벗기자 아름다운 얼굴이 나타났다.

그녀의 얼굴을 확인한 루슬릭이 그 어느 때보다도 심하게 동요했다.

"……루나?"

"아, 드디어 찾았다."

싱긋 웃으며 루나가 루슬릭의 품에 안겼다.

작고 가녀린 그녀의 몸이 안기자 루슬릭은 부들부들 떨리는 팔로 그녀의 어깨를 감쌌다.

설마하니 여기서 그녀를 보게 될 줄은 몰랐던 루슬릭은 조심스럽게 그녀를 몸에서 떨어뜨렸다.

"니가 왜 여기 있는 거냐?"

"찾아다녔지."

"찾지 말라고 했을 텐데?"

"어떻게 그래? 내 서방님인데."

망설임 없이 루슬릭을 '서방'이라고 부르는 그녀의 말에 막스와 자르는 그 어느 때보다도 루슬릭을 향해 부러움을 느꼈다.

"······일단 들어가서 이야기하지."

이렇게 서서 할 만큼 짧은 이야기는 아닐 듯싶었다.

루슬릭은 루나를 데리고 서둘러 접대실로 이동했다.

차 한 잔도 부탁하지 않은 채 루슬릭은 곧장 이야기를 시작했다.

"날 어떻게 찾은 거냐?"

"못 찾을 거라 생각했어? 그렇게 요란스럽게 판을 벌여놓으시고는."

"······영지전 때문인가. 그래도 너무 빠르지 않나?"

"대륙 각지의 용병 조합에 의뢰를 넣었어. 서방을 찾아달라고."

"돈은 어디서 나서?"

"내가 지금까지 번 돈의 전부. 이제 알겠지? 어떻게 이렇게 빨리 서방을 찾을 수 있었는지."

용병 조합에 루슬릭을 찾고자 의뢰를 넣은 사람은 바로 루나였다.

그녀 역시 용병이었다. 겉으로 보이는 나이와는 달리 그녀의 나이는 이미 서른이 넘어 있었다.

평생에 걸쳐 벌어온 돈을 이번 의뢰에 사용했다.

그녀에게 있어서 루슬릭이란 그 정도로 가치 있는 사람이었다.

"잠깐. 네가 그렇다면 설마 다른 녀석들도……?"

"나처럼 절박하게는 아니지만, 어떤 식으로든 서방을 찾고 있겠지. 물론, 아닌 녀석들도 있겠지만."

루슬릭의 표정이 딱딱해졌다.

이제는 용병 세계에서 발을 떼고 편안히 살고 싶었는데, 과거의 잔재가 조금씩 달라붙고 있었다.

생각해 보면 그것은 어쩔 수 없는 일이었다. 자신이 지금껏 이루어 놓은 일들은 단순히 은퇴한다고 해결될 만큼 작은 일들이 아니었으니까.

"너무 쉽게 생각한 걸지도 모르겠군."

"이제 알았어? 우리는, 그리고 왕국은 결코 서방을 놓아주지 않을 거야."

"그건 그렇겠지."

용병 조합에서 루슬릭에게 관심을 가지기 시작했다.

지금이야 감을 잡지 못하고 있지만 조금만 더 자세히 파고들면 곧 루슬릭이 어떤 사람인지 알게 될 게 뻔하다.

그리고 루슬릭이 여기에 있다는 사실이 밝혀지면…….

"그 노인네가 움직일까?"

"아무리 엉덩이 무거운 영감이어도, 서방이 여기에 있다는 걸 알게 된다면."

"시발. 어째 편히 살 수가 없냐."

"그보다 꼭 해야 할 말이 있어."

"뭔데?"

"우리 애들… 그 영감 밑으로 들어간 녀석도 꽤 있어. 안타깝게도 서방에게 적대적으로 변한 놈들도 있고."

"……"

그 뒤로 루나는 한참 동안 이야기를 풀었다.

루슬릭이 떠난 뒤로 어떤 일들이 있었고, 루나를 포함한 주위 사람들에게 어떤 일들이 있었는지.

이야기를 듣는 루슬릭의 눈이 측은해졌다.

루나가 말하는 이들은 불과 얼마 전까지만 해도 루슬릭이 단장으로 있던 곳의 용병들이었다.

동떨어진 세상에서, 오직 자기 편이라고 확신할 수 있었던 사람들.

생각하지 않으려 했지만, 이제는 생각하지 않을 수 없었다.

너무 안일하게 생각했다.

떠나기만 한다면 그 뒤는 생각하지 않아도 될 것이라 생각했는데.

"그냥… 버려둘 수는 없겠지."

"돌아올 생각은 없는 거야?"

"없어. 이십 년간 시달린 것만으로도 족해."

그 누가 어떤 설득을 하든, 지난 이십 년의 세월을 반복할 생각은 추호도 없었다. 원하지 않는 삶은 인생의 반절로 족했다.

하츨링 백작가로 돌아온 이유도 그 때문이었다.

이제는 쉬고 싶어서. 앞으로는 자신이 원했던 삶으로 돌아가고, 원했던 삶을 다시금 찾고 싶어서.

아니, 사실은 그 무엇보다 돌아가고 싶지 않다는 마음이 가장 컸다.

"하지만 그 녀석들을 버려둘 생각도 없어."

"그럼……?"

"데려와야지. 여기로. 내 힘이 아니라, 너처럼 정말 날 원하는 녀석들로만."

루슬릭의 머릿속에 몇몇 사람의 얼굴이 스쳐 지나갔다.

루나처럼 정말로 자신을 믿고 따르던 녀석들.

그들이라면 배경이 없어진 지금이라도 자신을 따라줄 것 같았다.

"어떻게 찾을 건데?"

"한 손으로 그 녀석들을 다 찾기는 힘들지. 그럴 때 쓰라고 있는 게 용병이잖아?"

＊ ＊ ＊

"잠시 좀 다녀올게."

루슬릭은 루나와 함께 레바논을 찾았다.

통합된 영지로 인해 한창 바쁜 업무를 보고 있던 레바논은 루슬릭과 함께 온 절세미인의 등장에 넋이 나간 상태로 물었다.

"어, 어딜 말이냐?"

"그것까지 말할 건 없고. 아마 보름쯤 걸릴 거야."

"옆에 여인은 대체 누구냐? 처음 보는 얼굴인데……."

루슬릭을 보면서도 레바논은 바로 옆의 루나를 계속해서 힐끔거렸다. 그것은 사내라면 어쩔 수 없는 본성이었다.

레바논의 사십오 년 평생에 있어서 이토록 아름다운 미녀는 처음이었다.

하지만 꼭 달라붙어 있는 두 사람, 특히 루나 쪽에서 루슬릭에게 바짝 붙어 있는 것으로 보아 이미 그렇고 그런 사이임은 굳이 물어보지 않아도 뻔했다.

"인사드릴게요, 아주버……."

"지랄 말고 좀 떨어져. 징그럽다."

루슬릭은 어깨에 달라붙어 있는 머리를 한 손으로 밀어

냈다.

루나는 낑낑대며 더 달라붙으려 애썼지만 괴물 같은 힘을 어쩌지는 못했다.

"이 녀석은 어떻게 생각할지 모르겠는데, 내 쪽에서는 영 찝찝해서 말이야. 내가 이 녀석 처음 봤을 때는 이만한 꼬맹이였거든."

루슬릭이 루나를 처음 봤을 대는 그녀가 고작 열한 살 때였다.

허리에나 겨우 올까 싶은 어린 여자아이였을 대부터 루나를 보아온 루슬릭은 그녀에게 연정 비슷한 것이 느껴지지 않았다.

"그게 뭐? 키워서 잡아먹으면 되지!"

"……그게 여자 입에서 나올 말이냐?"

황당한 표정으로 되묻는 말에 루나는 아무런 대꾸도 하지 않았다. 민망한 대화에 레바논은 괜한 헛기침으로 대화를 돌렸다.

"어험. 그럼 아무쪼록 즐겁게들 다녀오거라. 기왕이면 둘이 가서 셋이 돌아오도록 하……."

"셋이 아니라 넷, 다섯일지도 몰라요."

방긋 웃으며 대꾸하는 루나의 말에 루슬릭은 들끓는 머리를 붙잡았다.

문제는, 그녀의 말이 틀리지 않다는 점이다.

"쌍둥이도 괜찮겠구나."

레바논은 거기에 기름을 부었다.

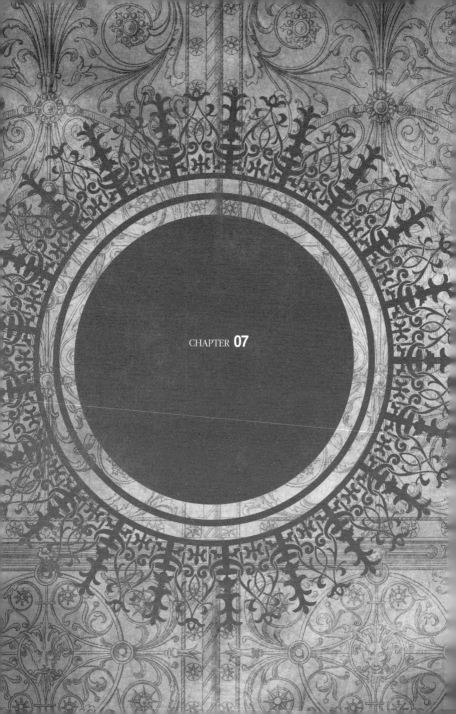
CHAPTER **07**

　루슬릭을 찾아준 대가로 용병 조합이 챙긴 의뢰금은 그야
말로 어마어마했다.

　루나가 정식으로 용병으로 활동한 세월은 총 십이 년이었
다. 그간 루슬릭과 함께 해결한 의뢰는 셀 수 없이 많았고, 그
돈은 기본적인 생활비를 제외하고는 한 푼 사용한 적이 없었
다.

　그렇게 모은 돈 모두가 이번 의뢰 한 번에 사용되었다. 의
뢰를 성공적으로 해결한 제라스 왕국 중앙 용병 조합은 그야
말로 떼돈은 벌었다.

"짭짤하군."

아칸은 창고 가득 쌓인 금괴들을 보며 흐뭇하게 웃었다.

그는 용병이기도 했지만 제라스 왕국의 용병 조합장이기도 했다. 이렇게 쌓인 돈은 연말에 용병왕국으로 보내지고, 그에 따른 보상과 실적이 그에게 돌아온다.

이번 루나의 의뢰를 성공시키면서 그의 실적은 그야말로 폭등했다고 볼 수 있었다.

"짭짤한 정도가 아니죠. 완전 대박입니다."

금괴의 가치를 어림잡으며 알비스가 입을 쩍 벌렸다.

산수에 능한 그는 아칸보다 훨씬 자세하게 이 금괴들의 가치를 알아보았다.

이번 의뢰로 창고에 쌓인 금괴는 용병 조합이 일 년간 벌어들이는 수입과 거의 맞먹었다.

"이 정도 돈을 고작 사람 찾는 데에 쓰다니……. 아무래도 찝찝하지 않습니까?"

난이도에 비해 보수가 큰 의뢰는 언제나 뒤를 조심해야 했다. 그것은 용병들이 명심해야 할 철칙이었다.

"뭐, 우리야 맡은 의뢰 깔끔하게 끝냈고, 보수 받았고, 그럼 된 거 아니냐?"

아칸 역시 그 점을 모르지 않았다.

그렇기에 처음 의뢰가 들어왔을 때부터 절차상의 모든 과정을 확인하고 또 확인했다. 루슬릭을 찾았을 때에도 혹시나 문제점이 있지 않을까 조심조심했다.

그렇게 모든 절차가 끝나고, 확인 작업과 의뢰금의 전달까지 모두 완벽하게 끝났다.

더 이상 문제될 건 남아 있지 않았다.

"하지만 아무리 그래도……."

"쓸데없는 걱정 마라. 그나저나 요즘 일거리가 없어서 걱정했는데, 이런 대박이 터지다니. 올 한 해는 운수가 아주 좋아."

똑똑―

흐뭇해하고 있는 아칸을 방해하는 소리였다. 기분 좋은 때를 방해한 문소리에 아칸은 눈살을 살짝 찌푸렸다.

"누구지?"

손님은 생각지도 않고 있던 아칸은 집무실 안쪽 창고를 서둘러 닫았다. 약속되어 있던 손님은 없지만, 가끔 큰 손님이 왔을 때에는 조합장인 자신에게 오게 되어 있었다.

혹시나 큰 건이 하나 더 왔을까 하는 기대를 품으며 아칸이 알비스를 시켜 집무실 문을 열게 했다.

문이 열리고, 방으로 들어온 손님은 두 사람이었는데 그중 한 명은 그가 익히 기억하고 있던 사람이었다.

"다, 당신은?"

눈부시다고밖에 표현할 수 없는 외모를 가진 여인.

바로 루나였다.

당연히 그녀와 함께 온 사람은 루슬릭이었다.

"여기 조합장이 누구냐?"

루슬릭은 아칸과 알비스를 번갈아 보았다.

덩치는 크지만 움츠러들어있는 알비스와는 달리, 아칸은 루슬릭과 루나가 들어오고부터도 내내 당당한 모습이었다. 아니, 오히려 개의치 않고 루나의 외모를 찬찬히 감당했다.

더군다나 문을 열어준 사람도 알비스였다. 루슬릭은 단번에 둘 중 누가 조합장인지 알아보았다.

"너구나."

반말부터 꺼낸 루슬릭의 언행에 아칸의 눈살이 찌푸려졌다.

"너?"

"왜, 너도 기분 나쁘냐?"

루슬릭은 성큼성큼 걸어와 아칸의 앞에 대뜸 앉았다. 나이도 어리고 별것도 없어 보이는 루슬릭이 이렇게 나오자 아칸은 기가 막혔다.

"대체 뭐 하는 녀석이기에 이렇게 막나가지?"

"여기 있는 끝내주게 멋진 숙녀 분께서, 전 재산을 들여서라도 찾고 싶었던 끝내주게 멋진 신사 분이시지."

루슬릭은 루나의 팔을 끌어당겼다. 그녀는 거부하지 않고 루슬릭의 옆자리에 앉았다.

두 사람은 나름대로 잘 어울리는 한 쌍으로 보였지만, 아칸의 입장에서는 배알이 꼴렸다.

하지만 순간적인 감정으로 상대하기에 루슬릭은 만만치 않은 상대였다. 단순히 S급 용병이라는 점을 제외하더라도 그는 적으로 만들어서 좋을 게 없는 상대인 것이다.

더군다나 그를 직접 만나고 온 크라우드도 그를 경계하고 있었다.

"네가 루슬릭인가 보군."

아칸에게 있어서 이 정도 인사가 최대한 그를 예우해 준 처사였다.

물론, 그에 대한 루슬릭의 대답은 여전했다.

"잘 아네."

"그래. 오시는 길 불편하진 않았고?"

"오는 길이야 S급 용병패 하나면 허리 숙여 극진히 대접해 주시니 불편하진 않았어. 먹고 자고 싸고, 아주 편안했지."

루슬릭의 언행은 아무리 용병이라지만 천박하다 싶을 정도였다. 특히나 아칸은 한 왕국의 용병 조합장으로 매우 높은 자리에 있는 사람이었다. 설사 백작 이상의 고위 귀족이라 하더라도 조합장인 아칸의 앞에서 이렇게 무례할 수는 없었다.

"다행이군. 그래. 여긴 무슨 용건으로 왔지?"

아칸은 최대한 빨리 루슬릭이 눈앞에서 사라지길 원했다. 이 정도만 하더라도 충분히 많이 참고 있는 것이었다. 실력에 자신이 없는 것은 아니었으나, 보고에 따른 루슬릭의 실력은 그야말로 측정 불가였다. 괜한 모험으로 손해를 감수하느니 얼른 용건을 끝내고 돌려보내는 게 상책이었다. 다짜고짜 용건부터 말하는 게 무례해 보일지는 모르나, 용병들에게 있어서 이 정도 직설적인 화법은 평범한 축이었다.

물론 루슬릭 역시 빙빙 돌려서 말하는 걸 원하지 않았다.

"별건 없어. 받아야 할 것 하나랑, 부탁할 것 하나야."

"줘야 할 건 없고, 부탁이라면 의뢰겠지?"

"줘야 할 게 없다니? 아직 내 뒷조사가 덜 끝나셨나 봐?"

"무슨 소리냐?"

"쯧. 멍청하게. 칼프 녀석에게 보고만 올렸어도 내가 누군지 바로 알았을 텐데."

"네가 감히……!"

감히라는 것에서 말이 뚝 끊어졌다.

"어떻게……?"

혼란스러운 표정의 아칸을 마주보며 루슬릭이 씩 웃었다.

칼프는 용병왕국에서도 손꼽히는 용병으로, 이른바 용병왕의 바로 최측근 중 한 명이었다.

용병왕국에 거주하고 있는 용병은 남녀 모두를 합쳐 십만 정도였고, 그중 오만이 용병왕국에 몸담고 있는 용병이었다. 그리고 칼프는 도합 일만의 용병들을 휘하에 두고 있는 용병왕 직속의 로열(royal) 용병단의 단장이었다.

세상에 존재하는 수많은 용병 중, 용병왕을 제외하면 다섯 손가락 안에 꼽히는 용병. 그가 바로 로열 나이트 용병, 칼프였다.

용병왕국은 국가라는 개념을 가지고 있는 만큼 비중 있는 용병들의 경우 각자 그 역할을 가지고 있었다. 그리고 칼프의 역할은 대륙 각지에 퍼져 있는 용병 조합을 관리하는 일이었다.

용병 조합은 용병왕국이 생기면서부터 대륙 각지로 파생되어 왔다. 즉, 용병 조합 자체는 용병왕국의 하위 개념인 셈이다. 때문에 용병 조합에 속하면 용병왕국에 속하는 것과 마찬가지였다.

그리고 이런 용병 조합의 조합장을 관리하는 사람이 바로 칼프였다. 그는 대륙 각지의 용병들을 관리하는 거대한 일을 맡고 있었다.

하지만 이런 세세한 사실을 아는 이들은 거의 없었다. 제아무리 S급 용병인 루슬릭에게라도 이런 사실은 기밀이었다.

"아차 싶으면 움직여. 내가 누군지, 누굴 건드렸는지 빨리 알아봐. 딱 하루 기다려 준다."

＊　　　＊　　　＊

발등에 불이 떨어졌다.

그 말대로 아차 싶었다. 대체 어떻게 루슬릭이 이런 사실을 알고 있는 것인지, 아칸은 혼란스러웠다.

단순히 주워들은 이야기라고 치부하며 넘기기 어려웠다. 아칸은 가지고 있는 모든 자료와 모든 인맥을 동원해 루슬릭에 대한 정보를 끌어모았다.

그 일에 머리가 뛰어난 알비스가 투입된 것은 당연했다.

지금까지처럼 루나가 제공한 정보로 루슬릭을 찾는 것이 아닌, 루슬릭이라는 사람 자체가 과거에 어떤 인물이었나를 찾게 되었다.

그렇게 정확히 반나절.

알비스는 루슬릭이 과거에 누구였는지를 찾아내었다.

"이, 이런 미친……."

바로 옆방에서 대기 중인 루슬릭을 향해 알비스는 나지막한 욕설을 내뱉었다.

작정하고 찾기 시작하자 루슬릭에 대한 정보는 그리 어렵지 않게 찾을 수 있었다.

문제는 자신들이 찾은 '그'가 루슬릭이 맞는지 확인하는 작업이었다.

그 작업을 위해 아칸은 용병왕국의 칼프에게 직접 연락을 돌리기까지 했다. 비싼 돈을 들여 구입한 특수한 마법 장치까지 이용한 결과, 그는 칼프에게서 확답을 받을 수 있었다.

루슬릭은 정말로 아칸이 생각한 그가 분명했다.

"……진짤까요?"

"아니면 좋겠다."

"진짜 것 같은데요?"

"꿈이면 좋겠어."

얼마나 머리를 쥐어뜯었는지 아칸은 사자머리가 되어 있었다. 그가 이 상황을 얼마나 계속해서 부정했는지 겉으로 보여주는 예였다.

"일단 가서 빌죠."

"……빌어야 하나?"

"안 그럼 뒤질걸요?"

"뒤지기는 싫으니, 빌어야겠군."

체념한 듯 땅이 꺼져라 한숨을 내쉬며 아칸이 알비스를 이끌고 루슬릭과 루나가 기다리고 있는 접대실로 향했다.

그나마 다행이었다. 모르는 상태에서 더 막갔다면 지금쯤 목이 달아나 있을지도 모른다.

"왔냐?"

접대실 소파에 늘어져라 누워 있던 루슬릭은 아칸이 들어오자 편안히 인사했다.

용병 조합의 안방에서 조합장인 아칸에게 이리 무례하게 굴 수 있는 사람이 세상에 몇이나 될까? 설사 한 나라의 공, 후작이 오더라도 이런 무례는 상상할 수 없었다.

하지만 그가 알아본 루슬릭은 자신에게 이런 무례를 범할 수 있는 세상에 몇 안 되는 사람 중에 한 명이었다.

"죄송합니다."

아칸의 허리가 90도로 꺾였다.

용병 조합의 조합장이 되고 단 한 번도 꺾인 적이 없었던 허리다. 설사 한 나라의 왕이 오더라도 꺾이지 않으리라 생각했는데, 그런 아칸의 생각은 너무나도 쉽게 무너졌다.

지금 이 순간만큼은 허리가 아니라 무릎이 꺾인다 해도 전혀 이상할 게 없었다.

그간의 무례를 생각한다면 말이다.

"죄송한 걸 알았으면 됐고. 허리 부러지겠다. 와서 앉아라."

마치 제 집인 양 손가락으로 앉을 자리를 가리키는 루슬릭의 모습에 아칸은 고분고분 따랐다. 그와 함께 들어온 알비스역시 루슬릭의 눈치를 살폈다.

맞은편에 아칸과 알비스가 자리하자 루슬릭은 기지개를 펴며 자리에서 일어났다. 지금까지 잠이라도 자고 있었던 것인지 그는 하품과 함께 말했다.

"하~암. 어디까지 알아왔냐?"

"저, 전부입니다."

"전부? 그럼 이제 말이 좀 통하겠네. 지금까지 귀머거리 놈들 상대하느라 좀 피곤했는데 말이야."

상황이 완전히 바뀌었다.

조합장이라는 신분을 앞세우던 아칸은 이제 자신의 신분을 이용해 당당해질 수 없는 입장이었다. 오히려 먹이사슬은 루슬릭이 위쪽에 있었다.

"칼프가 뭐래디?"

"무, 무슨 소리십니까?"

"마법 수정구 말이야. 칼프 새끼랑 통화한 것 아니었냐? 그놈 아니면 네가 나에 대해서 확인할 방도가 없었을 텐데."

이미 루슬릭은 아칸이 누구와 대화했는지까지 알고 있었다.

귀신같은 눈치에 아칸은 숨김없이 대답했다.

"최대한 루슬릭 경의 편의를 봐달라고……."

루슬릭이 쌍심지를 돋우며 과장된 몸짓으로 귀를 후볐다.

"시발, 지금 뭐랬냐? 경?"

"……루슬릭 님의 모든 편의를 봐 달라고 하셨습니다."

"옳지."

손가락에 묻어나온 귓밥을 훅 하고 불며 루슬릭이 고개를 끄덕였다. 예의라고는 찾아볼 수 없는 모습이지만, 따질 용기가 없었다.

"그럼 보자, 어디까지 이야기했더라?"

"받으셔야 할 것과 부탁할 게 있다고 하셨습니다."

"그랬었지. 아, 여기서 부탁이 의뢰가 아니라는 건 알지?"

"아, 예. 알죠. 아주 자알 알죠."

"이 가냐? 어디 아파? 뽑아주랴?"

"……아까 먹은 고기가 이에 꼈네요."

"돼지새끼. 뭔 대낮부터 고기를 뜯냐? 이따 저녁상 기대하마."

입맛을 다시는 루슬릭을 보며 아칸은 울컥 화가 치밀었다. 조합장이 된 이후는 물론이고, 용병 일에 뛰어든 후로도 이렇게 대놓고 치욕을 받은 적은 처음이었다.

"이제 용건을 말씀해 주시죠."

"다른 건 아니고. 그쪽에서 얼마 전에 날 찾아와서 정보를 얻어 갔었지? 넌 그 정보가 얼마짜리라고 생각해?"

"……예?"

"용병 개인에 대한 정보비는 그 용병의 값어치에 따라 달라지지. 아무리 S급 용병이 용병왕과의 계약에 의해 신분이 불분명한 상태에서 정체를 밝힐 필요가 있다고 해도, 의뢰 중도 아닌 상황에서 내 정보를 캐간 이유는 순전히 니들이 받은 의뢰 때문이었지. 즉, 니들 사리사욕 때문에 내 신상을 캐간 거라는 뜻이야."

아칸이 루슬릭에게 정보를 요구한 행위 자체는 불법이 아니었다. 신원이 불명확한 S급 용병은 용병 조합의 요구에 응해 정체를 밝힐 의무가 있었으니 말이다.

하지만 그건 어디까지나 S급 용병이 의뢰를 맡을 때를 가정했다. 그 외의 상황에서 용병 조합은 S급 용병에게 적정량의 정보비를 제공해야 했다. 이게 바로 용병왕국, 그리고 용병 조합과 S급 용병의 관계였다. 일전에 크라우드가 루슬릭에게 말한 정보비란 이것을 의미했다.

하지만 문제는 그 정보비는 S급 용병 개개인에 따라 다르다는 점이다.

"대답해 봐. 내 정보는 얼마짜리지?"

"그, 그게……."

아칸은 빠르게 머릿속으로 머리를 굴렸다.

하지만 그의 머리로는 제대로 그에 대한 답이 나오지 않았다. 평범한 금액이 떠오르는가 하면, 천문학적인 금액이 떠오르기도 하고, 곧 아깝다는 생각도 들었다.

빠르게 눈알을 굴리는 그의 머리는 언제 터질지 모를 정도로 복잡했다.

얼마 후, 아칸은 체념한 표정으로 대답했다.

"……금괴 다섯 짝?"

"몇 대 맞을래?"

급히 손가락 여섯 개를 피며 아칸이 말을 바꿨다.

"여, 여섯 짝?"

"난 기회 세 번씩 안 준다."

"……열 짝 다 드리겠습니다."

결국 아칸은 루나가 의뢰금으로 지불한 돈을 다 토해냈다. 물론 그것은 어디까지나 이곳 제라스 왕국 용병 지부에 흘러들어온 돈뿐이었지만, 신상 정보 하나 팔아먹은 정도로 이 정도 돈을 챙긴다면 루슬릭에게도 그리 손해 보는 장사가 아니다.

창고에 가득 쌓여 있는 금괴들을 떠올리며 아칸이 눈물을 머금었다. 한 건 크게 터뜨린 덕분에 출셋길이 열렸다 싶었는데, 그 기쁨이 채 아물기도 전에 루슬릭을 만난 것이다.

알비스는 집무실에 숨겨져 있는 비밀 창고에서 금괴를 꺼내왔다. 어지간한 성인 팔뚝만 한 크기의 금괴는 한 개만 있어도 평생을 놀고먹을 수 있을 정도였다. 그런 금괴가 열 짝이니, 얼마만큼의 값어치를 가지는지는 상상도 되지 않았다.

상자 가득 담겨 있는 금괴를 세며 루슬릭이 흐뭇하게 웃었다.

"열 개 맞군."

루슬릭은 그 중 다섯 짝을 꺼내 아칸의 앞에 쌓았다.

"의뢰를 하나 하지."

금괴 다섯 개짜리 의뢰라면 무척 큰 건이었다.

아칸은 솔깃했지만 이번엔 방심하지 않았다.

"아까는 의뢰가 아니라고 하시지 않았습니까?"

"너 한 명에게 맡길 의뢰가 아니야. 제라스 왕국 용병 조합 전부, 그리고 저쪽 라펠 왕국의 용병 조합 전부에 의뢰를 넣어."

금괴 다섯 개짜리 의뢰일 만했다. 그 정도로 많은 수의 용병 조합에 의뢰를 넣으려면 계약금만 하더라도 금괴 두개는 들어갈 것이다.

"계약금은 안 주겠지만, 의뢰만 해결하면 의뢰금은 따로 챙겨주지."

"그게 정말입니까?"

귀가 솔깃해지는 제안이었다.

비록 열 개의 금괴를 빼앗겼지만 금괴 다섯 개만 해도 엄청난 액수다.

하지만 곧 그는 다시 조심스러워졌다. 아칸은 루슬릭과 깊게 얽혀서 좋을 게 없다는 사실을 본능적으로 체득했다.

"대체 무슨 의뢰이신지⋯⋯?"

"그리 어려운 일은 아냐. 그냥 사람 찾는 일이야."

사람 찾는 일.

얼마 전 루나의 의뢰로 루슬릭을 찾은 아칸은 온몸에 소름이 쫙 돋았다. 루슬릭이 찾는 사람이라면 뻔하기 때문이다.

루슬릭은 자신이 찾고자 하는 개개인의 신상정보를 세세히 적었다.

충분한 정보는 아니지만, 세상에 용병은 많고 많았다. 용병 조합의 힘이라면 이 정도 정보 가지고도 머지않아 루슬릭이 찾고자 하는 사람들을 찾아낼 것이다.

*　　　*　　　*

아칸은 루슬릭에게 식사와 잠자리를 포함한 모든 편의를 제공했다. 물론 일행인 루나에게 역시 마찬가지였다.

두 사람이 지내는 곳은 큰 의뢰를 가져온 손님들에게 제공되는 용병 조합의 숙소였다. 원래라면 용병에게는 제공되지 않는 곳이었는데, 그것은 그야말로 최고의 편의라고 할 수 있었다.

불과 하루가 지났을 때 아칸은 루슬릭을 찾아왔다.

"한 사람 찾았습니다."

"빠른데?"

막 식사를 하려던 루슬릭은 들어오라는 의미로 손을 까닥거렸다. 그러면서 다른 한 손으로는 수저를 스프를 향해 가져갔다.

방 안으로 들어온 아칸은 한 장의 종이를 내밀었다. 중간에 식사를 멈춘 루나가 그것을 받아들었다.

"여기, 찾으시던 분 중 한 명입니다."

"……막내 놈인데?"

종이 위의 글자들을 슥 읽어본 루나가 말했다.

아칸이 찾아온 사람은 분명 루슬릭과 루나가 찾던 사람이 맞았다. 아칸이 이렇게 빠른 시일 내에 사람을 찾을 수 있었던 이유는 그리 떨어지지 않은 장소에 있었기 때문이었다.

루나가 루슬릭에게 종이를 내밀었다. 루슬릭은 입안의 음식물을 우물거리며 그것을 읽었다.

"제라스 왕국 북부의 필라온 자작가. 이놈, 귀족이었냐?"

"놀랍긴 한데 이상하진 않아. 그 녀석, 평소 말하던 투가 좀 고상했잖아?"

음식물을 목구멍으로 크게 넘기며 루슬릭이 물었다.

"나도 귀족이었는데?"

"어, 그랬어?"

깜짝 놀랐다는 표정을 짓는 루나를 보며 루스릭이 다시금 식사에 열중하기 시작했다.

첫 번째 목적지가 정해졌다.

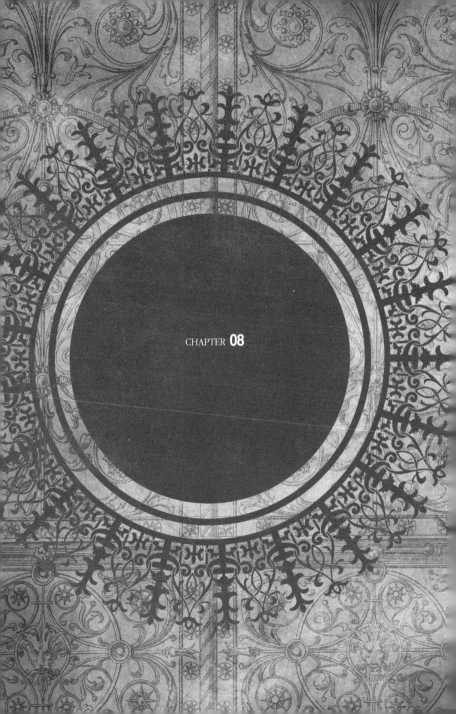

CHAPTER **08**

　제라스 왕국 북부는 평화로운 제라스 왕국 내에서 유일하게 분쟁이 일어나고 있는 지역이었다.

　그곳의 귀족들은 하츨링 백작가가 속해 있는 동부처럼 대귀족과 군소 귀족들이라는 개념으로 묶이지 않고 모든 귀족이 서로를 적대시하고 있었다.

　더군다나 북부의 부락민들도 하나의 골칫거리였다. 그들은 매 겨울마다 귀족들의 식량을 약탈하거나 마을을 습격하기도 했다.

　이런 부락민들을 한시라도 빨리 토벌해야 했으나, 그럴 만한 여력이 귀족들에게는 없었다. 부락민들의 규모가 커서 토벌을 성공적으로 끝낼 수 있다는 보장도 없을뿐더러 성공적으로 토벌을 끝마친다 하더라도 세력이 약해진 틈을 다른 귀족들이 놓치지 않을 것이기 때문이다.

필라온 자작가는 그런 북부의 수많은 귀족 가문 중 한 곳이었다. 아니, 오히려 다른 귀족 가문보다 상황이 더 좋지 않다고 볼 수 있었다.

바로 북부의 부락민족과 영지가 인접해 있기 때문이었다. 매 겨울마다 식량을 포함한 물자들을 털리고, 다른 영지들까지 신경 써야 했다. 그나마 필라온 자작가가 아직까지 살아남을 수 있었던 이유는 땅이 비옥해 굶어 죽을 걱정은 없다는 점 덕분이었다.

필라온 자작령에서 한 해에 생산되는 식량은 북부의 절반을 먹여 살리고도 남을 정도였다. 자급자족하고 남은 식량은 다른 왕국에 팔아넘길 정도이니, 단순히 기름진 땅이라는 표현으로 부족하다.

하지만 역시나 문제는 북부의 부락민족과 하이에나 같은 주위의 영주들이다. 필라온 자작가는 그 비옥한 땅을 가지고도 매해 고통받으며 살아갔다.

그 때문에 필라온 자작가를 가리켜 다른 영지의 영주들은 이렇게 말하고들 한다.

대지의 신의 축복을 받은 저주받은 영지.

그곳은 축복과 저주라는 모순되는 두 가지 단어가 함께 공존하는 영지인 것이다.

드드드드―

마차의 행렬이 끝이 보이지 않을 만큼 이어져 있었다.

필라온 자작가의 상행은 가을 추수가 끝나고 겨울이 끝날 때까지 거의 멈추지 않았다. 열흘에 한 번 꼴로 북부를 넘어서 리온 왕국에 수출을 할 정도로 필라온 자작가에는 식량이 남아돌았다.

만약 그 모든 상행을 매해마다 완벽하게 마칠 수 있다면 단숨에 제라스 왕국 내에서 손꼽히는 거부가 될지도 모른다.

하지만 지금까지 필라온 자작가가 한 해의 모든 상행을 완수한 적은 한 번도 없었다.

식량이 많은 만큼 그것을 노리는 부락민들이 많았고, 부락민들에게 털리지 않을 때에는 다른 영지의 영주들이 상행을 습격했기 때문이다.

필라온 자작가의 상행은 모든 이가 노리는 공공의 먹잇감이나 다름없었다.

"홍홍홍~"

상행 가장 뒷자리의 마차 위에서 한 사내가 담배를 질겅거리며 이상한 노래를 흥얼거렸다.

훈훈한 얼굴의 이십 대 후반 정도의 남자였는데, 그는 귀족 예복을 입고 있었다.

가늘게 뜬 눈으로 하늘과 저 멀리 보이는 산의 경계를 보며 남자가 싱긋 웃었다.

"거기서 뭐 하십니까?"

"방금 그건 대체 뭐 하는 노랜가?"

누런 가죽 옷을 몸에 두른 용병이 마차 위로 올라왔다.

털털한 웃음을 지으며 용병이 남자에게로 다가갔다.

그의 옆에 벌러덩 누우며 용병이 물었다.

"듣자 하니 용병 일 하고 지내셨다지?"

"듣자 하니? 그게 소문이라도 났습니까?"

"파다하지. 필라온 자작가의 도련님이 돌아오셨는데 그분이 알고 보니 거친 용병 일을 하신 분이라더라, 하는 소문이지."

용병은 바로 필라온 자작가가 이번 상행을 위해 고용한 A급 용병 로버튼이었다. 그는 이런 상행의 호위를 전문적으로 해 온 용병이었는데, 필라온 자작가의 의뢰만 벌써 삼 년 넘게 해 온 베테랑이었다.

그는 A급 용병임에도 따로 용병단을 꾸리지 않고 혼자 행동하기를 좋아했다. 실력 있고 용병치고 성품도 좋은 그를 필라온 자작가에서는 벌써 몇 번째 고용하고 있었다.

로버튼은 십 오년 만에 돌아왔다는 필라온 자작가의 도련님에게 큰 흥미를 가지고 있었다.

그의 귀공자 같은 분위기와 용병의 거친 분위기가 묘하게 뒤섞인 냄새가 자신과 비슷하다는 데에 동질감을 느낀 까닭이었다.

필라온 자작가의 차남, 파이온 역시 로버튼과 자신이 묘하게 닮았다는 느낌을 받았다. 동질감은 곧 친근감으로 이어졌다.

"반갑습니다. 필라온 자작가의 차남, 파이온입니다."

"A급 용병 로버튼이네. 아, 이거 말 높여야 하나?"

"나이도 많으시고, 용병으로서도 선배신데 그러실 필요 없어요. 편하게 하세요."

파이온은 오랫동안 용병으로 살아왔다고 믿기 힘들 만큼 점잖은 말투를 사용했다. 그것은 용병이라는 후천적인 환경보다는, 천성이 예의 바른 덕분이었다.

귀공자처럼 예의 바르고 반듯한 모습에 로버튼은 흡족한 모습이 들었다.

용병이라는 일이 싫지만은 않지만 그는 늘 무식하고 때로는 개념 없는 용병들의 모습에 진저리를 치곤 했다.

하지만 파이온처럼 예의 바른 용병이 많아진다면 이 일이 한결 더 즐겁고 용병들에 대한 인식도 달라지지 않을까 싶었다.

"난 필라온 자작가와 의뢰를 지속해 온 지 3년이 되었네. 자네가 필라온 차작가로 돌아온 이상, 앞으로 자주 보게 될 터이니 친하게 지내봄세."

"저 역시 잘 부탁드립니다."

건넨 손을 조심스럽게 잡으며 파이온이 웃어 보였다. 흐뭇한 표정으로 맞잡은 손을 흔들던 파이온이 가까이 보이는 산턱 너머와 주위 수풀을 번갈아봤다.

"왜 그러나?"

"아무래도 일할 시간인가 봅니다."

기지개를 펴며 자리에서 일어난 파이온이 옆에 놓아둔 창을 집어 들었다.

벌떡 일어난 그의 체격은 보이는 것보다 컸다. 로버튼도 그리 작은 키와 체격은 아니었지만 파이온은 그보다 한 뼘은 큰 키였다.

파이온의 창은 강철로 만들어진 굵은 창대를 가지고 있었다. 그는 그것을 한 손으로 가볍게 돌렸다. 통짜 강철로 만들어진 창은 그 무게가 양손으로 들기에도 무거울 정도였다.

로버튼은 곱상한 외모와는 달리 그가 상당한 괴력을 가지고 있음을 눈치챘다.

"적이로군."

다른 때보다도 한발 빨리 수상한 시선들이 느껴졌다.

로버튼 역시 인생의 반을 호위 의뢰로 보내온 노련한 용병이었다. 파이온의 말에 그는 주위에 적이 매복해 있음을 알 수 있었다.

하지만 역시 그보다 한발 빨리 적의 존재를 눈치챈 사람은 파이온이었다. 수많은 호위 의뢰를 해오면서 적의 매복을 눈치채는 데에는 일가견이 있다고 생각한 그는 자신보다 앞선 파이온의 실력에 살짝 놀랐다.

'아직 어린데… 대단하군.'

파이온의 나이는 많이 쳐줘야 서른 남짓.

그 나이에 자신보다 뛰어난 실력을 가졌다니, 믿기 힘든 일이었다.

'아니면 단순히 살기를 느끼는 감이 뛰어난 것일지도 모르지.'

가끔 그런 사람들이 있다.

특출하게 남의 시선을 잘 느끼는 사람들. 그런 사람들은 먼 거리에서 자신을 보는 사람의 시선까지도 어렴풋이 느끼곤 한다.

그런 감각을 가진 사람이 수백 명의 시선을 느끼지 못할 리 없다. 물론, 단순히 시선을 느끼는 것과 살기를 느끼는 것은 전혀 다른 수준의 문제였지만 말이다.

"어디, 그럼 어떤 놈들이 왔나 얼굴이나 좀 볼까?"

보통 필라온 자작가의 상행을 노리는 부류는 딱 두 가지다.

북부의 귀족들, 아니면 부락민들.

부락민들의 경우에는 차라리 상대가 쉬웠다. 하지만 귀족들의 경우, 상대가 여간 어려운 게 아니었다.

특히 얼마 전에는 로버튼과 같은 A급 용병이 셋이나 있어 상대하기가 무척 어려웠다. 다행히 그때에는 필라온 자작가가 적의 기습을 미리 눈치채고 많은 용병을 고용하고 기사들을 배치했기에 상행을 지켜낼 수 있었다.

매복한 적이 부락민들이길 바라며 로버튼이 신호를 보냈다.

조용한 신호였지만 그 신호는 용병들과 병사들 모두에게 은밀히 전달되었다. 매복이 있으니, 언제든지 대항할 수 있게끔 조심하라는 신호였다.

그렇게 신호가 모두 돌아갔을 때쯤이었다.

"……이상하네요."

"뭐가 말인가?"

"모두 사라졌습니다."

마차에서 내린 파이온이 들고 있던 창을 높게 들었다. 팔을 크게 꺾은 그는 있는 힘껏 수풀을 향해 창을 집어 던졌다.

쐐애애애애액—!

파삭—

빠른 속도로 날아간 창이 수풀 틈으로 파고들었다.

"자, 자네 지금 뭐 하는 건가?"

로버튼이 화들짝 놀라 다급히 물었다.

아무리 매복이 있다는 것을 알고 있다지만, 이런 식은 곤란했다. 적이 매복해 있는 것을 눈치챘으면 그것을 이용해 이득을 얻을 생각을 해야지, 매복을 눈치 챘다는 사실을 대놓고 알려주다니?

초보 중의 초보 용병이나 할 법한 실수였다.

"안 이상하십니까?"

"이상하다니?"

"반응이 없잖아요."

"……?"

이상하긴 이상했다.

매복을 들킨 이상 활이든 칼이든 창이든 무엇인가 반응이 있어야 정상이었다.

아니면 아직까지 없는 척이라도 하는 걸까?

그럴 리는 없었다. 매복이 들켰을지도 모른다는 생각이 드는 이상, 수많은 병사 중 실수하는 이가 한 명도 없을 수는 없었다.

그런데 미동조차 없다는 것은, 분명 수풀에 매복이 있지 않다는 것이다.

"어떻게 된 거지?"

"가보면 알겠죠."

파이온이 그대로 몸을 훌쩍 날렸다.

깃털마냥 가볍게 도약한 파이온의 뒤를 로버튼이 따라갔다. 한 번 뛸 때마다 저만치 앞으로 멀어지는 파이온을 보며 로버튼은 새삼 그의 실력에 놀랐다.

이윽고 두 사람은 애초 매복이 있을 것이라 예상했던 수풀 안으로 들어섰다.

가장 먼저 도착한 파이온은 수풀 뒤쪽의 광경을 보고 경악했다.

"이, 이건……?"

"허억!"

수풀로 푸르러야 할 시야가 온통 붉었다. 베이고 죽은 사람들의 피가 여기저기 뿌려져 있는 탓이었다.

비교적 침착한 파이온은 서둘러 주위를 둘러봤다. 그는 죽은 사람들이 모두 한편이라는 사실을 알 수 있었다.

사람이 죽었다면 자살이 아닌 이상 반드시 죽인 사람이 있게 마련이다. 그리고 이들은 죽은 지 얼마 되지 않았다.

"저기 있네, 막내 녀석."

미약한 인기척과 목소리에 파이온이 고개를 휙 돌렸다. 이런 피바다에서 들려올 목소리라고 하기엔 어울리지 않게 달콤한 목소리였다.

그 목소리는 파이온에게 무척 익숙한 것이었다.

"……루나 선배?"

"난 안 보이냐?"

뒤이어 들려온 목소리의 주인공의 얼굴을 확인한 파이온의 얼굴이 활짝 펴졌다.

"단장!"

*　　　*　　　*

필라온 자작가의 상행은 무사히 끝났다.

이번 상행의 피해는 전무했다. 특이하게도 단 한 번의 습격도 받지 않고 끝난 덕분이었다.

하지만 그 상행의 이면에는 여지까지 없던 비화가 숨겨져 있었다.

바로 단 두 명이서 상행의 습격을 막아낸 것이다.

"대체 저 괴물들은 뭔가?"

상행을 마친 로버튼은 파이온의 귀에 대고 소곤거렸다.

그의 말과 행동은 무척 조심스러웠다. 무시무시한 괴물이 바로 근처에 있기 때문이었다.

그들이 있는 장소는 도착항 상행이 잠시 대기하는 창고였다. 사실상 여기가 이번 상행 호위 의뢰의 마지막 도착 지점이라고 할 수 있었다.

"제가 전에 있던 용병단의 단장과 함께했던 동료입니다."

"단장? 저 두 사람도 용병이었단 말인가?"

예상치 못한 대답에 로버튼이 깜짝 놀라 루나를 바라봤다.

루슬릭이야 그렇다 치더라도 루나의 외모는 용병이라고 믿기 힘들 정도로 귀티가 흘렀다. 아니, 귀티라고 표현하기엔 적절하지 못했다. 그녀는 그야말로 하늘에서 내려온 천사였다.

한참 동안 그녀를 바라보던 로버튼은 루슬릭과 루나가 다가오자 화들짝 시선을 회피했다.

아무리 배짱 좋고 담력이 있더라도 그 참상을 일으킨 장본인들을 대놓고 뚫어져라 쳐다보기란 힘든 일이었다.

"이걸로 일은 다 끝났냐?"

가까이 다가온 루슬릭이 로버튼을 무시한 채 곧장 파이온에게 물어왔다.

분명 겉으로는 루슬릭이 더 어렸지만, 실제 나이를 따져본다면 파이온이 열 살은 더 어렸다. 파이온은 더없이 공손한 자세로 대답했다.

"예, 단장. 아무래도 이번 상행은 가문에서도 중요한 일이라, 직접 나설 수밖에 없었습니다."

"필라온 자작가에 돌아온 지는 얼마나 됐냐?"

"한 보름 정도 됐습니다."

보름이면 루슬릭이 하흘링 백작가로 돌아오고 얼마 후였다.

루슬릭은 파이온이 영지로 돌아온 시일만으로도 대강 어떻게 된 일인지 짐작할 수 있었다.

"다른 놈들도 다 흩어졌냐?"

"전부는 아니지만… 저 같은 녀석들이 꽤 되죠. 그나저나 단장, 루나 선배와는 어떻게 같이 있는 겁니까?"

"뭐, 말하자면 길지."

대강 얼버무린 루슬릭이 로버튼에게로 시선을 돌렸다.

"야. 넌 이제 저리 좀 가라."

"뭐, 뭣?"

"오랜만에 옛 동료 좀 만나는데 눈치 없게 뭐하냐? 낄 데랑 안 낄 데랑 구분 못 해?"

거침없는 막말에 화가 머리끝까지 뻗쳤지만 로버튼은 반박하지 못했다.

용병들의 세계는 곧 강자존이다. 가진 바 실력이 뛰어난 자, 우수한 용병단에 속한 자, 그리고 그러한 용병단을 이끌어가는 자야말로 곧 강자이다.

강한 자의 말이 곧 법이며, 질서인 세계인 것이다.

그리고 로버튼은 오로지 가진 바 실력 하나로 이 자리까지 올라 있었다.

그에게는 어떠한 세력도, 배경도 존재하지 않았다.

하지만 파이온이나 루나 같은 뛰어난 동료가 있었고, 실력 역시 로버튼보다 훨씬 뛰어났다.

괜히 나이가지고 따지고 들어봤자 좋을 것 하나 없다는 것을 로버튼은 지금까지의 경험으로 잘 알고 있었다.

"그, 그럼 나중에 또 보지."

파이온에게 간단히 작별 인사를 남긴 로버튼이 멀리 자리를 떴다.

"그래도 저희 가문의 손님인데……."

"저런 실력도 없는 새끼는 왜 고용했대?"

"삼 년째 고정적으로 저의 가문의 호위를 해주었던 나름대로 고마운……."

"가식 그만 떨어라. 가문이 중요한 게 아니라, 갈 데가 없는 거지?"

정곡을 찌르는 말에 파이온은 입술을 삐죽 내밀며 대답

했다.

"단장이 떠나니까 이렇게 된 거잖아요."

파이온은 천성은 귀족이지만 용병으로 살아온 시간이 더 많았다.

즉, 살아온 환경이 천성을 바꾼 격이었다. 비록 천성이나 환경 모두가 용병이었던 루슬릭만큼은 아니더라도, 그 역시 자유분방한 용병의 생활방식에 익숙해져 있었다.

"그래도 가문이 아예 중요하지 않은 건 아니에요. 여긴 제 가족이 있으니까. 나름대로 여기도 지낼 만해요."

"가족이라. 그거 좋지."

이십 년간 용병으로 살아왔다고 해서 가족이나 집이 잊혀지지는 않는다.

오히려 그 시간 동안 더 그리워하고 회상하는 것이 바로 집이고 가족이다. 지금도 루슬릭은 조금이라도 빨리 하츨링 백작가로 돌아가고 싶은 마음이었다.

"그럼 이제 내가 필요하지는 않은 거냐?"

루슬릭이 파이온을 찾은 것은 그가 루나처럼 자신을 필요로 하지 않을까 하는 이유에서였다.

괴팍한 성격의 루슬릭이지만 자신의 사람이라면 끔찍이 아꼈다.

그 어떤 일이 있어도 반드시 챙겼고, 그들이 바로 용병단의 가까운 단원이었다.

그들이 자신을 필요로 한다면 기꺼이 찾아 거둘 생각이었다. 하지만 만약 파이온이 자신을 필요로 하지 않는다면, 이대로 놓아줄 생각이었다.

하지만 루슬릭의 생각과는 달리 파이온은 한 치의 고민도 없이 대답했다.

"필요합니다."

"왜? 여기가 집이고, 가족이 있는데."

"왜 그렇게 생각하는데요? 제 가족은 단장이고, 집은 단장이 있는 곳입니다."

파이온은 열다섯 살 남짓한 시기에 루슬릭의 밑에서 하급 용병으로 출발했다.

파이온은 특이하게 귀족이지만 용병이 되고 싶어 했다. 천성과는 달리, 그는 거친 용병들의 세계와 용병왕의 전설을 동경했다.

그런 파이온을 루슬릭은 용병단의 단원으로 거두어들여 제자처럼 길렀다. 그가 사용하는 창술이나 투척술 같은 기술들 모두 루슬릭이 직접 가르친 것들이었다.

망설임 없는 대답에 루슬릭은 오래간만에 가슴이 뭉클해지는 느낌이 들었다. 피가 섞인 가족 외에도 가족이라고 부를 수 있는 사람이 있다면, 함께 피를 흘린 사람일 것이다.

"그럼 가자. 너 말고도 찾을 놈들 많아서 바쁘니까."

"찾을 놈들이라면… 혹시 단원들 말하는 겁니까?"

"그래. 혹시 연락되는 녀석 있냐?"

"연락보다는… 대부분 녀석들은 아마 렝 녀석의 밑으로 들어갔을 겁니다."

"렝 녀석 밑으로?"

루슬릭의 표정이 심각해졌다.

파이온이 언급한 렝이라는 용병은 루슬릭이 용병왕국에 있을 때 사사건건 항상 대립하던 용병이었다.

확실하게 적대적인 관계라고 말할 수는 없지만, 그리 좋은 관계는 아니었다. 그리고 그 사실은 단원들 모두가 아는 사실이었다.

그런데도 렝의 밑으로 들어갔다는 것은 루슬릭과의 인연을 더 이상 이어나갈 생각이 전혀 없다는 뜻이라고 봐도 무방했다.

"……나머지 녀석들은?"

"각자 떠돌아다니고 있겠죠. 따로 용병단을 차린 녀석도 있을 테고."

"그래?"

큰 기대를 했던 부분은 아니었지만 실망스러운 대답이었다. 결국, 용병 조합에서 연락이 오길 기다릴 수밖에 없었다.

"난 새로 용병단을 꾸릴 거다."

"……정말입니까?"

"그래. 내가 필요한 녀석들만 모아서… 용병왕국에서 벗어나, 새로운 용병단을 만들 거야. 같이할 생각 있으면 같이 가자."

"좋죠!"

밝게 대답하던 파이온의 표정이 급히 굳었다.

"……그런데 조금만 시간을 줄 수 있습니까?"

"왜?"

"아무래도 여기 일은 다 끝내고 가야 할 것 같아서요. 그래도 제 집이고 가족들 아닙니까?"

"뭔 일 있냐?"

"가까운 곳의 부락민들이 요새 기승인 모양입니다. 몇 개 부락이 연합해서 주기적으로 상행을 터는데, 이대로 두고 볼 수만은 없어서 토벌이라도 해야 할 것 같아요."

필라온 자작가의 가장 큰 골칫거리는 주변의 영지들이 아닌 바로 북쪽에 위치한 부락민족들이었다.

그들은 영지의 병사들처럼 체계적이지는 않아도 생존이라는 어쩔 수 없는 이유로 필라온 자작가의 식량을 털어갔다.

파이온은 적어도 그런 부락민들이라도 해결을 해놓고 떠

나고 싶었다. 그것은 마지막으로 남은 파이온의 정이었다.

"부락민들 규모가 얼마나 되냐?"

"그건 왜요? 단장, 단장이 군이 나설 필요는……."

"지랄 마. 너나 나나, 손에 피 한두 번 적셔보냐? 귀찮게 시간 끌지 말고, 우리끼리 가서 다 죽이면 되지."

*　　　*　　　*

루슬릭과 루나는 파이온의 부탁으로 영주성 바깥의 별관에 거처할 수 있었다.

그곳은 보통 영주성의 하인들이 지내는 곳이었는데, 몇 개 좋은 방은 따로 손님이 오면 거처할 수 있도록 시설이 제법 잘 갖추어져 있었다.

"좋은 데 사네."

영주성 주변을 잠깐 둘러보고 온 루슬릭이 작게 휘파람을 불었다.

필라온 자작가는 척박한 환경의 북부 영지들 중에서도 가장 잘사는 축에 속했다.

비옥한 땅을 통해 돈을 벌어들인 덕분인지 영주성 주변도 어지간한 백작성 이상으로 웅장하고 깔끔했다.

"조건만 보면 북부 영지 통합도 꿈이 아니지. 북부 전체를 먹여 살릴 식량과 충분한 자금력이 있으니까."

"너 좀 똑똑한 소리 한다?"

"내가 똑똑한 게 아니라 서방이 싸움밖에 모르는 거야."

"생각이라는 걸 할 필요가 있나? 용병이라는 게 다 그렇잖아. 강한 놈이 갖고, 강한 놈의 말이 법이고."

"결론이 뭔데?"

"내가 제일 잘나가니까, 복잡하게 생각할 필요가 없다는 거지."

자만심으로 보일 수 있는 말이지만 그녀는 그를 가장 오래 지켜본 입장에서 그 말이 틀리다고 반박할 수 없었다.

루슬릭은 따분한지 검을 들고 밖으로 나갔다. 마땅히 나눌 대화도 없었고, 낮잠도 많이 자둔 터라 잠도 오지 않았다.

벌써 해가 산 중턱에 걸린 시간이었다. 정원 곳곳에 등불 몇 개가 걸려 있었지만 주변은 충분히 어두웠다.

뒤를 따라온 루나 역시 가지고 온 검을 만지작거렸다.

"대련은 오랜만이네?"

"대련은 무슨. 꼬맹이 한 수 가르쳐 주면서 몸 푸는 거지."

깔보는 말투에 순간 울컥했지만 흥분하지는 않았다.

인정할 수밖에 없는 말이었다. 그녀는 지금까지 단 한 번도 루슬릭을 이긴 적이 없었다. 아니, 이기기는커녕 상처 한 번

입힌 적도 없었다.

그 누구도 무시할 수 없는 실력을 가진 루나였지만 그런 루나를 무시할 수 있는 가진 몇 안되는 실력자가 바로 루슬릭이었다.

"……조금만 이따가 하자."

"갑자기 왜?"

루슬릭의 시선이 파이온이 거처하고 있는 영주성으로 향했다.

"쥐새끼가 조금 큰 놈으로 숨어들었거든."

*　　　*　　　*

파이온의 하루는 시작과 끝이 늘 같았다.

연무장에서 창을 휘두르는 것으로 아침을 시작하고, 똑같이 연무장에서 창을 휘두르는 것으로 하루를 마무리했다.

늦은 밤, 파이온은 오늘도 연무장을 찾았다.

후웅— 후웅—

일반 장정 두 배는 됨직한 길이의 묵직한 창대를 쉴 새 없이 휘두르며 파이온이 땀을 흘렸다. 그의 양팔에는 굵은 힘줄이 흉측할 정도로 돋아 있었다.

꽝—!

창대가 부딪힐 때마다 바닥 한쪽이 움푹 파였다. 얼마나 힘차게 창을 휘두르는지, 그의 손아귀는 터지고 찢겨질 정도였다.

하지만 파이온은 고통 따위는 모르는 양 창을 휘두르는 것을 멈추지 않았다. 이미 손아귀가 터지는 정도는 일상처럼 느끼는 그였다.

그가 휘두르고 있는 창은 어지간한 사람은 감히 들고 서 있기조차 힘들 정도로 무거웠다.

그런 무게의 창을 자유자재로 휘두를 수 있는 사람은 아마 그리 많지 않을 것이다.

파이온은 검술이나 창술과 같은 싸움에 있어서는 그리 뛰어난 편이 아니었다.

그의 재능은 여느 천재들에 비해 한참 부족하고, 일반인에 비해 조금 뛰어난 정도였다. 그 정도는 백 명의 사람을 놓고 보면 발에 치일 정도로 많다.

하지만 그의 창술은 그 어느 누구도 쉽게 무시하지 못할 정도로 뛰어났다.

그리고 그런 실력을 가지게 된 이유는 자만하지 않고 밤낮으로 갈고닦는 그의 노력 덕분이었다.

꿍—

무거운 창과 함께 파이온의 몸이 뒤로 넘어졌다. 더 이상 손가락 하나 까닥할 힘조차 남아 있지 않았다. 그는 넘어진 채 간신히 숨을 몰아쉬었다.

"허억. 허억."

지친 몸에 숨을 들이쉬고 내쉬는 게 할 수 있는 일의 전부였다.

몸은 지치고 천근만근 무겁지만 기분만은 썩 좋았다. 지칠 대로 지쳐서 누워 있는 바로 이 순간이 파이온에게는 하루 중 가장 즐거운 시간이었다.

그때였다.

탁―

급하게 몸을 비틀며 파이온이 재빨리 자리에서 일어났다.

하지만 평소와는 달리 지쳐 있는 그의 몸은 굼뜨기 짝이 없었다.

푸욱―

살이 꿰뚫리는 소리와 함께 파이온의 허리춤을 검 한 자루가 관통했다.

무척 짧은 길이의 단검이었는데, 바로 지척까지 검이 다가올 때까지 파이온은 그 어떤 인기척도 느끼지 못했다.

"큭."

"지쳐서 몸은 굼떠져도, 반응은 그대로인가?"

바로 뒤쪽에서 들려온 음성에 파이온이 다급히 주먹을 휘둘렀다.

쑤욱—

옆구리에 박힌 검이 뽑히며 복면인이 뒤로 물러났다. 검이 뽑힌 자리에서 피가 튀자, 파이온은 인상을 찡그리며 상처 부위를 한 손으로 감쌌다.

복면인의 옆으로 한 명의 사람이 더 다가왔다.

그의 얼굴을 확인한 파이온의 눈동자가 급격히 커졌다.

"넌⋯⋯?"

"넌이라니. 막내 새끼가, 버릇없게."

자신의 키보다도 큰 양손검을 등에 멘 남자는 파이온과 같은 용병단에 속해 있던 용병이었다.

파이온은 그의 얼굴을 확인하자 바로 옆의 복면인의 정체도 어렵지 않게 알아챌 수 있었다.

"툴칸 선배와 함께 온 암살자라면⋯ 그쪽은 벅스 선배겠군요."

"여전히 눈치 하나는 빠르군."

벅스 역시 루나, 파이온과 마찬가지로 같은 용병단의 단원이었다.

옆구리에서 느껴지는 통증에 파이온은 표정을 일그러뜨리며 힘겹게 입을 열었다.

"렝의 밑으로 들어갔던 것 아닙니까? 선배가 왜 여기서⋯

아니, 그전에 왜 절 공격하시는 겁니까?"

"네 말대로 렝의 밑으로 들어갔기 때문이지."

간단한 대답에 파이온은 그 말뜻을 알아차릴 수 있었다.

"설마……?"

"그래. 렝의 밑으로 들어온 자들 외, 제1로열 나이트 용병
단의 간부 모두를 척살하라는 명령이다."

제1로열 나이트 용병단.

용병왕의 가장 가까운 용병단이자 총 5천 명의 용병으로
이루어져 있으며, 스무 명의 간부와 한 명의 단장으로 이루어
진 거대 용병단이었다.

그리고 렝은 바로 제2로열 나이트 용병단의 단장이었다.
제1로열 나이트 용병단과 제2용병단은 서로 사이가 그리 좋
지 않았다. 용병왕국이라는 하나의 틀 안에 묶여 있지만, 사
실상 적대적인 세력이나 마찬가지였다.

그리고 툴칸과 벅스는 바로 그 제1용병단의 간부에서 제2용
병단으로 넘어간 간부였다.

"그 척살 명령, 설마 나한테도 떨어졌냐?"

연무장을 쩌렁쩌렁 울리는 목소리에 툴칸과 벅스의 시선
이 목소리의 주인공을 찾아 돌아갔다.

그곳에는 그들이 그토록 찾아 헤매던 사람이 자신들을 향
해 무거운 걸음을 옮기고 있었다.

"……단장?"

"렝, 그 개새끼는 잘 있냐?"

제1로열 나이트 용병단의 단장.

로열 나이트 루슬릭의 등장이었다.

『용병귀환』 2권에 계속…

이제부터 전자책은

이젠북

www.ezenbook.co.kr

❧ 새로운 세계가 열린다! ❧

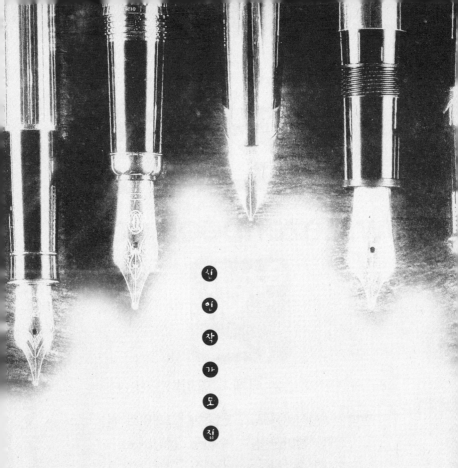

신

인

작

가

모

집

시작이 반이라고 했습니다.
작가의 길에 대한 보이지 않는 벽을 과감히 깨뜨리십시오!
청어람은 작가 지망생 여러분들의
멋진 방향타가 되어드리겠습니다.

저희 도서출판 청어람에서는
소설 신인 작가분들을 모집합니다.
판타지와 무협을 사랑하시는 분들의 많은 참여를 바랍니다.
소정의 원고(A4용지 150매)를 메일이나 우편으로 보내주시면
검토 후 출판 여부를 알려드리겠습니다.

주소:경기도 부천시 원미구 심곡2동 163-2 서경B/D 2F 우편번호 420-822
TEL:032-656-4452 · **FAX**:032-656-4453
http://**www.chungeoram.com**
e-mail:chungeoram@chungeoram.com

김현우 퓨전 판타지 소설

레드 크로니클
Red Chronicle

『드림워커』, 『컴플리트 메이지』의 작가
김현우가 색다르게 선보이는 자신작!

『레드 크로니클』

백 년의 세월 검을 들고 검의 오의에
다가선 남자 티엘 로운.

모든 것을 베는 그가 마지막으로
검을 휘둘렀을 때
그를 찾아온 것은 갈라진 시공간,
그리고… 자신의 젊은 시절이었다!

"하암, 귀찮군."

검의 오의를 안 남자가 대륙을 바꾼다!
티엘 로운의 대륙 질풍기!

Book Publishing CHUNGEORAM

유행이 아닌 자유추구 -
WWW.chungeoram.com

FANTASTIC ORIENTAL HEROES

수담 옥 新무협 판타지 소설

자객전서

자객 담사연과 순찰포교 이추수의
시공을 넘어선 사랑!
최강의 적들과 맞선 자객의 인생은 슬프도록 고달프며,
그 자객을 그리워하는 포교의 삶은 아프도록 애달프다.
서로를 원하지만 결코 만날 수 없는 두 연인.

단절된 시공의 벽을 넘어가는 유일한 소통책은 전서구를 통한 편지!

"후회하지 않습니다.
당신과의 만남은 내 삶의 유일한 즐거움이었습니다.
나는 천 년을 어둠 속에서 홀로 살아가더라도
역시 같은 선택을 할 것입니다."